Un été à Jérusalem

A dix-sept ans, éblouie par le sionisme, une jeune fille réussit à convaincre ses parents, juifs tunisiens exilés à Paris, de refaire leurs bagages pour s'installer en Israël. Mais Jérusalem ignore la douceur de vivre. Alors, sans hésiter, plantant là les siens, ses idéaux et ce bazar biblique, elle retourne en France à la quête d'autres engagements. Trois ans sont passés. Elle se croit apaisée et revient au pays pour une brève visite. Le temps d'un été. Seule la date a été mal choisie. Jérusalem déchirée par la guerre du Liban, Jérusalem exsangue de ses hommes, lui semble lugubre. Le soleil donne la fièvre. D'emblée, c'est l'affrontement avec les parents : un père taciturne, aigri par ses échecs, une mère soumise, hallucinée par la guerre, deux frères mobilisés quelque part dans les montagnes du Chouf. Avec la mort de la grand-mère disparaît l'enfance, les épices, le verbe, l'errance. Avec elle s'engloutissent deux mille ans en Terre d'Islam. Viennent alors de tout le pays, les vieux, les boiteux, les bossus, les aveugles, les paralytiques afin de lui ouvrir le ciel à l'aide de sept jours de prières. Échapper à cette incantation, c'est fuir dans la ville, longer ses murailles, pénétrer dans ses entrailles, interroger les textes et se souvenir d'une ancienne prophétie de Jérémie prédisant qu'un jour Jérusalem deviendrait la prostituée des nations...

28 ans, journaliste. Elle reçoit le prix Méditerranée 1986 pour Un été à Jérusalem *et publie en 1987* le Cri, *avec le succès que l'on sait.*

Du même auteur

AUX ÉDITIONS BALLAND

Un été à Jérusalem
roman, 1986

Le cri
roman, 1987

À PARAÎTRE

Le cri
coll. « Points Roman »
Éd. du Seuil

Chochana Boukhobza

Un été
à Jérusalem

roman

Balland

TEXTE INTÉGRAL

EN COUVERTURE :
Jan Vanriet, *Le Lit* (52 × 72 cm), détail, 1982.
Galerie Isy Brachot, Bruxelles.

ISBN 2-02-010195-5
(ISBN 1re publication : 2-7158-0585-3)

© ÉDITIONS BALLAND, 1986

A mon père, à ma mère
A Michèle
A Maurice

« Si Dieu habitait sur la terre,
on passerait ses journées à casser
les carreaux de sa fenêtre. »
Proverbe yiddish

1.

Un ciel vert-de-gris plane sur Lod. Des baraques lépreuses de béton gris sont disséminées au hasard sur l'aire de l'aéroport, séparées les unes des autres par du sable ou du gazon pelé. Gris aussi les uniformes des soldats qui déambulent, leur arme sur l'épaule, dans le petit matin blême. Mes quatre valises autour de moi, indécise encore, je souris vaguement devant des démonstrations de tendresse qui ont fait la renommée de ce coin de terre il y a quelques années. Pour moi, Lod est devenu désormais un lieu quelconque. Il a cessé d'être l'aéroport de la dernière fuite.

Les chauffeurs de taxi, gras et débraillés, appuyés sur le capot de leur véhicule, me considèrent avec ironie. Ils reconnaissent la touriste juchée sur des talons trop hauts que personne n'attend derrière les vitres du grand hall. D'une voix épaisse, ils annoncent leur

prix, leur destination : « Haïfa, Tel-Aviv, Jérusalem. »

Ils ne peuvent savoir que devant ces portes
qui s'ouvrent silencieusement, errent deux fantômes : celui d'une fille de dix-sept ans, qui
arrivait, harnachée d'un sac à dos, la queue de
cheval retenue par un élastique, attendrissante
avec ses thèses sur le sionisme, et celui d'une
fille de vingt ans qui repartait, les lèvres dures,
chargée d'une valise en carton ficelée par une
corde, ses convictions égarées.

Lod. Ville de transit. L'expression me parut
sinon consolante, du moins pertinente.

Sur un chariot, je hisse mes valises. Bernard,
ironique, m'avait regardée les remplir de savons,
de crèmes, d'appareils ménagers, menus cadeaux
obtenus à des prix dérisoires en fouillant les
soldes de Tati ou des Galeries Lafayette, mais
très prisés à Jérusalem par ma famille qui les
réclamait impatiemment.

Et, parce qu'il s'agit avant tout de la prévenir elle, ma mère, je m'arrête auprès d'un téléphone.

« Ma fille ? D'où appelles-tu ? Ma fille tu es
ici ? »

La voix chavire. Il me semble que ma vie
tient tout entière dans ce cri de ma mère, neuf
et déjà si ancien, cri colossal que je peux

reproduire de mémoire dans son accent et son timbre avant même de l'avoir entendu.

Mais déjà la voix disparaît, happée par la distance, broyée par le grésillement d'un appareil qui exige un autre jeton. Je raccroche brutalement.

Le bandeau de la nouvelle route, percée entre Tel-Aviv et Jérusalem à travers plaines et collines, s'étire. Les véhicules civils sont rares; on croise des camions militaires, des half-tracks, des chars d'assaut. Le chauffeur redresse lentement le rétroviseur pour rencontrer mon regard. Il commence par une phrase en mauvais anglais, mais je l'interromps aussitôt en hébreu. Étonné, il se retourne, au risque d'une embardée. Sourire.

« Israélienne? Tiens? j'aurais juré que tu étais française! Excuse-moi!

– Je n'ai rien à pardonner. »

Les yeux noirs injectés de sang, surmontés de sourcils broussailleux, ne rient pas. Une flamme inquiète demeure tapie au fond de la prunelle.

« C'était bien ces vacances?

– Je n'étais pas en vacances, dis-je à contrecœur. Maintenant je suis en vacances. »

L'homme accélère rageusement. Sa main glisse hors de la fenêtre, et ses doigts remuent dans l'air.

« Tu ne te plaisais pas ici? La guerre te fait peur peut-être?

– Peut-être.

– Toutes les mêmes, s'emporte-t-il avec amertume. Vous nous laissez tomber tandis que nous... Qu'est-ce qu'il y a de plus en Europe hein? Quand on mettra tous les Juifs dans un ghetto, alors... »

Les paumes écrasées sur le volant, l'homme conduit en silence. La lumière est diffuse encore sur les champs que des tourniquets à col de cygne aspergent avec une économie d'eau savamment calculée.

Sur un ton rogue, l'homme grommelle, fixant la route.

« Eh bien moi, la guerre, lorsqu'il y va de notre vie, je suis pour! Je n'ai aucun scrupule! »

J'allume une cigarette en souriant.

Ce qui me frappe en descendant du taxi devant l'immeuble en pierres de taille où habitent mes parents, c'est la présence du jardinier arabe, qui, les yeux fixés au ciel, le visage contraint, éclabousse d'un jet mal dirigé un arbuste chétif. Rien n'a donc changé depuis mon départ? Les arbres sont toujours chétifs. Et l'Arabe, bonnet de couleur tricoté orange et vert sur ses cheveux crépus, les arrose toujours à regret.

Ma mère, qui a entendu le ronronnement du moteur, dévale les marches de l'escalier. Sa silhouette s'est empâtée. Seules ses jambes restent longues et fines. Elle se néglige, fagotée dans une blouse à fleurs ornée du col jusqu'à l'ourlet de gros boutons de nacre. Elle porte aux pieds des savates qui claquent contre la chair à chaque pas. Je ne vois que son regard. Des yeux troubles, fuyants, animés d'un éclat de folie. Je ne vois que son regard fatigué et hagard qui se veut joyeux, qui est infiniment désespéré.

Elle arrive hors d'haleine, les bras ouverts. Mais elle ne me dira rien. Pas même ses défaites. Et soudain, mal à l'aise, je me détourne, empoigne mes valises du coffre du taxi et les jette sur le sol où elles rebondissent.

Le chauffeur debout, raide, me dévisage. Il semble plaindre ma mère et m'accuser.

Je ne l'embrasse pas. C'est elle qui me prend à bras-le-corps, avec un gémissement rauque. Elle qui tourne mon visage vers le sien pour m'étreindre. Elle qui paye le chauffeur et qui tient à rentrer mes valises à la maison en répétant : « Tu as l'air épuisée, ma fille. Ton teint est jaune comme le safran ! »

Ce premier matin d'août, il est à peine neuf heures et dans le ciel, le soleil commence à blanchir le linge étendu sur les terrasses et dans les cours. Dans le désordre des valises éparpillées, ma mère tournoie, ravie mais gênée par mon silence. Son premier geste est de tirer les stores et il fait tout à coup beaucoup d'ombre, avec sur les murs des échelles de lumière où les interstices et les petits trous des stores montent et descendent.

« Assieds-toi! Tu veux un café? Du gâteau? »

Au-dessus du buffet, des gravures en papier journal, jaunies et rongées, protégées par des plaques de verre, représentent des scènes de Moïse traversant la mer Rouge. Des tableaux de rabbins aussi, barbes respectables et œil spirituel. Dominant la télévision, un portrait noir et blanc de Saba [1], coiffé du kabouch [2], drapé dans sa gandoura. Suspendus à des simples clous, des lampes à huile en bronze et en mauvais argent, vestiges d'une Tunisie perdue.

Ma mère revient de la cuisine avec un café turc et une coupe de fruits fraîchement rincés. Elle m'embrasse à nouveau, recule, se penche sur les valises, agite les fermoirs, renonce à les ouvrir. Je ne réagis pas, affalée sur le canapé, les pieds posés sur la table basse en onyx vert. Elle a failli me dire « Fais attention au meuble », mais elle s'est tue à temps, résignée. Elle est venue s'asseoir à mes côtés, les deux mains croisées dans le creux de ses genoux.

« Tu portes le foulard maintenant? C'est laid. Tu parais vieille! »

---

1. Saba : grand-père en hébreu.
2. Chéchia.

Elle rougit. Dans ses yeux, la lumière s'est éteinte et c'est comme si dans toute la pièce j'avais créé une éclipse. Il fait froid, brutalement.

Elle espérait des épanchements, elle retrouvait ma voix cinglante, mon dédain.

« J'ai décidé cela il y a quelques mois », dit-elle, navrée. Elle s'expliquait à la hâte, parlait du rabbin du quartier, d'un vœu, d'un commandement de la Bible qu'elle honorait tardivement.

J'émets un doute. « De la Bible, Ma ? Tu m'étonnes ! »

Mais je m'étonne surtout de cette irritation qui me brûle les yeux. Que m'importait, au fond, cette ferveur nouvelle de ma mère ? Et pourquoi la tourner en dérision ? Je n'ignorais pas cette tradition séculaire qui dissimule sous flanelle, nylon, coton, perruque, le plus mince cheveu de la jeune épousée. Mais j'avais connu ma mère avec une chevelure de reine, épaisse et noire.

C'est un foulard de coton blanc, qu'elle a noué sur la nuque avec promptitude, et dont les deux extrémités pendouillent mollement sur les épaules comme deux queues froissées. Il a glissé sur un côté jusqu'à recouvrir une tempe, laissant l'autre à nu.

« Tu le portes mal. Il te donne un visage asymétrique. »

Elle soupire, déclare qu'une femme de quarante-cinq ans ne doit pas se préoccuper de sa beauté. Le mot, insolite de pudeur, s'insinue dans la conversation.

« C'est ton mari qui t'a demandé de le faire ? »

Elle riposte avec dignité.

« Mon mari, c'est d'abord ton père. Comme tu le hais ma fille ! Tu te trompes sur lui. Il n'a rien exigé. J'ai pris seule cette décision. »

Je ricane.

« Évidemment ! Au fait, il est encore jaloux ? »

Ma main tire sur le foulard. La chevelure naguère si fournie a été ruinée par les ciseaux. Des mèches maigres, désolées, se hérissent en désordre.

« Maman ? Excuse-moi ! »

Elle sourit. Lentement, elle repose le carré de coton sur son crâne, et avec cette fois un brin de coquetterie, elle bande son front.

« Ne pleure pas ma fille. Ce n'est rien ! »

Elle est ainsi faite ma mère, qu'elle s'excuse jusque devant l'effronterie. J'allume une cigarette, sirote mon café. Cherche dans le portrait de Saba, qui observe la scène avec un sourire énigmatique, une réponse à mon angoisse. Mais il est d'un autre siècle, d'un autre exil, il ne m'offre aucune protection.

« Parle-moi de toi, Ma !

— De moi ? Tu m'as manqué. Ton absence est comme un trou dans ma vie !

— Raconte-moi, Ma. Tes lettres sont tellement

16

rares, et tu ne parles que de moi. Comment avez-vous vécu la guerre? » Elle me quitte, s'agenouille devant les valises pour en examiner le contenu. Elle prend son temps pour répondre, avec sur le visage une expression butée. Puis, la voix rauque, elle évoque les coupures d'électricité, les jeunes gens disparus, le fils d'Emma et le fils de Clara, le courage qu'il avait fallu montrer aux portes du cimetière quand les deux femmes à coups d'ongles se labourèrent les joues et s'arrachèrent les cheveux. Puis l'hébétude qui avait succédé au délire quand les deux tombes furent scellées.

Je m'étais allongée sur le canapé, les yeux fixés sur la petite lézarde du plafond. Elle s'est encore élargie et ses bords disjoints forment comme deux lèvres narquoises.

Ma mère poursuit, les sourcils froncés, tout en empilant soigneusement les boîtes de Nivéa, les dentifrices, les pull-overs pour mes frères, les écharpes, les cravates, les chemises. Sous ses doigts, les emballages craquent, les papiers de soie se déchirent. Elle dit les manifestations spontanées des jeunes filles qui sortaient au-devant des soldats aux carrefours des routes pour les gaver de sandwichs et les rafraîchir de citronnade puisée dans de gigantesques pots à lait. Elle dit les veillées tardives dans les ateliers pour compenser l'absence des hommes, les apparitions télévisées de Begin. Elle décrit le climat fiévreux dans les grands magasins où les rayons dévalisés renforçaient le désarroi de la population. Elle élude Sabra et Chatila. Mais elle dépeint la lassitude qui avait gagné les gens. Plus de jeunes filles aux carrefours quand la guerre s'était éternisée. Les soldats partaient désormais dans l'indifférence générale et on oubliait de les traiter en héros.

La chaleur se fait plus lourde dans l'appartement et cette sueur qui ruisselle le long de mon dos, je ne sais si je la dois à la peine ou à l'accablement.

Je m'exclame, ironique :

« Et papa, il soutient encore Begin ? Il estime toujours que nous avons eu raison de faire le Liban ? »

Elle ne s'indigne pas de mon ton. Elle est prostrée simplement sur les dalles avec autour d'elle une débauche d'objets. Elle se dandine d'avant en arrière dans une sorte de vacillement qui d'un moment à l'autre peut la projeter la tête la première sur le sol. Une voiture dans la rue ne cesse de corner sur un mode impératif. Un bouquet à tiges courtes se fane dans un verre d'eau posé sur le buffet. Je remarque enfin, dans un cadre en plastique doré, une photo de mes frères en habit militaire. Où sont-ils ? Dans les montagnes du Chouf ? A Beyrouth ? Plus je les détaille, plus j'éprouve un sentiment de solitude, comme un voyageur qui réalise soudain qu'il s'est trompé de destination, qui s'était cru arrivé dans une station balnéaire pour jouir du soleil, de la mer, et comprend qu'il a débarqué dans un paysage lunaire où des crevasses, démultipliées à l'infini, lui indiquent son chemin de pèlerin.

Et puis tout est devenu flou devant mes yeux embués par les larmes.

Vers deux heures, j'ai enfin réussi à la coucher. Elle dort en chien de fusil comme un enfant, les deux poings crispés sous la joue. Son corps, malgré ses formes généreuses, garde des lignes pures, d'une douceur violente. Je pense, en tirant la porte de la chambre, qu'elle se réveillera avec un visage marqué par l'empreinte de ses bagues.

Sur le buffet, un carton blanc chargé de colombes, de fleurs et d'alliances, semble échoué contre le verre bleu d'une bonbonnière. Le mariage de Michaël avec une jeune fille au nom de famille imprononçable est prévu le lendemain à Beershéba. Un hasard providentiel qui me donne l'occasion d'aller visiter rapidement Safta [1] (qui, au dire de ma mère dans ses lettres, agonise) et d'éviter ainsi les éventuels reproches de mon père.

J'ai vidé le fond de ma tasse et je suis sortie retrouver Jérusalem.

---

1. Safta : grand-mère en hébreu.

L'air est étouffant. Le goudron de la chaussée fond sous le soleil et mes spartiates de cuir collent au bitume. Des essaims noirs de grosses mouches vrombissantes tournoient au-dessus des poubelles renversées dont le contenu se décompose dans une chaleur terrible. Parmi les détritus, des chats gras jouent à se poursuivre. Sous l'auvent de l'autobus, une vieille, osseuse, la bouche barrée de deux plis profonds, un sac de plastique marron posé sur les genoux, lorgne avec inquiétude vers le haut de la rue où doit apparaître la silhouette massive de l'autobus.

Les jeunes préfèrent en général descendre en ville en arrêtant un stop. J'avance sur un kilomètre de route poussiéreuse cernée de chaque côté par des immeubles de pierre dont l'architecture imite le style des forteresses avec des tours et des arcades, jusqu'au carrefour de Bethléem. Là, brusquement, le terrain se dénude. Une terre rouge, craquelée, se déploie jusqu'aux montagnes de Jordanie. On aperçoit, à perte de vue, des champs d'oliviers ou des vignes, et dans le creux des collines, des villages arabes.

Villas blanches aux toits plats surmontés par des bidons en zinc qui rouillent. Pointe légère, gracile, d'un minaret d'où vibre à la nuit l'appel rauque d'un muezzin.

Je reste longtemps sur le bord de la route à regarder le flot des voitures qui abordent le tournant dans un crissement des pneus pour n'avoir pas à ralentir. Ainsi avais-je attendu, trois années durant, chaque matin, un véhicule, avec des sourires encourageants à l'adresse des conducteurs, gaspillant un peu de ma gaieté pour des inconnus qui m'escortaient, bavards, vers mes destinations et que j'interrogeais sans répit de peur d'avoir à leur répondre. Souvent ici, le sentiment d'une fugitive innocence, dans cet air embrasé, m'avait permis de reculer l'échéance d'un départ vers la France. Car ce ciel, certains matins, devient mer. On y entend, porté par un écho lointain, le bruit des marteaux, des tracteurs, des pelleteuses, tout ce qui fait une vie d'homme paisible, tout ce qui vous donne l'illusion d'une harmonie, et la force d'avancer vers demain.

Deux ouvriers arabes, accroupis sur le bas-côté de la route, mastiquent doucement du pain plat et des olives. Leurs pieds nus s'enfoncent dans la poussière. Ils me regardent sans me voir, avec une expression de profonde indifférence. Mais simultanément, le mouvement des mains se fait plus solennel, plus cérémonieux. Et si leurs gestes ont pris soudain une ampleur si surprenante, une noblesse si étrange, c'est sans doute pour m'indiquer qu'ils ne sont pas des chiens de la route, mais les rois déchus d'un pays où je serai toujours une passante.

Je me détourne, lève enfin le pouce. Pour un signe de paix, pour le symbole du stop. Je lève le pouce vers le ciel blanc, lasse de cet équilibre fragile qui se rompt sans cesse et je me laisse emporter par une voiture qui s'est arrêtée à quelques mètres. Tout en courant vers elle, j'ai remarqué le coup d'œil soupçonneux du conducteur vers les deux Arabes qui rient maintenant, les lèvres retroussées sur des dents gâtées.

C'est dans une lumière oblique que la voiture me lâche dans Yaffo Street. A Jérusalem, les crépuscules sont précoces. Il est à peine quatre heures, mais déjà dans l'air on devine une sorte de rémission, comme une trêve que le ciel accorde aux hommes.

La grande rue noire charrie la même foule colorée et bruyante. Des soldates aux regards provocants, rousses de soleil, la jupe très courte au-dessus du genou, l'uniforme impeccable, sans une auréole de sueur sous les aisselles. Des soldats, le corps légèrement déhanché par le port du sac à dos et de la mitraillette, marchent en lapant des glaces. Je n'ai vu des hommes marcher en roulant des hanches que dans ce pays, et malgré moi, à chaque fois, je réprime mon envie de crier : « Vous avez de beaux culs, camarades, des derrières que j'aimerais frôler de ma paume. »

Des épiceries obscures montent des odeurs rances et poivrées et je connais les gros cafards qui filent entre les paquets de farine, les boîtes de sauce tomate et les bouteilles de Fanta. Mais ces bazars encombrés d'objets hétéroclites semblent moins nombreux, remplacés par des échoppes lambrissées d'un formica qui luit sous la lumière des néons. Elles proposent des jus de fruits exotiques et des pizzas plates où des filaments de fromage se sont carbonisés.

Je n'ai pas voulu me diriger immédiatement vers les cafés familiers qui réunissent invariablement, tous les après-midi, mes amis d'antan. Manuel, Élie, Hava, Tamar... Ils ne peuvent deviner que je ne vis plus à leur rythme, que j'ai cessé tout engagement pour défendre ce pays. Pis que la langue, un mode de vie nous sépare. Et je ne suis pas disposée à exposer devant eux mes doutes et mon mal-être.

Je suis seulement intriguée par l'éclat de violence qui flamboie dans les yeux des gens, cette même déraison qui habite le regard de ma mère. Elle n'a rien de prophétique, cette extravagance. De petits enfers quotidiens l'ont forée. Jérusalem m'a reprise. Je marche par saccades, bousculée par des seins, des épaules, des cuisses. Et la foule me pousse. Tantôt je m'élance quand son mouvement se précipite, tantôt je piétine, lourde d'une faiblesse qui hachure de noir la ville devant mes yeux.

Un vieillard borgne chante pour vendre ses billets de loterie. A la terrasse d'un café, un couple se frôle la main, les yeux baissés sur d'énormes tranches d'un gâteau crémeux qui s'effondre dans une flaque de glace. Sous une voûte, des gamins au crâne rasé jouent aux dés, sérieux, la mâchoire hostile.

Devant la poste qui ressemble à un bunker, un soldat sans âge fouille minutieusement les sacs. J'ai pensé à envoyer un télégramme à Bernard. Sur une feuille, j'ai rédigé nerveusement : « Bien arrivée chéri. Ne t'inquiète pas. Je pense à toi. » La bouche de l'employée se prolonge d'une cigarette qui reste vissée à ses lèvres quand elle parle. Après une addition bâclée sur un coin de papier, elle annonce un prix exorbitant. Devant mes protestations confuses, exaspérée, la femme a dit : « Alors ? Je l'annule ? Vous enlevez des mots ? » J'ai barré le « Chéri » et le « Je pense à toi ». Le télégramme est parti, sec, décevant.

Jérusalem. Entre les rues Agrippas et Bezalel, maisons neuves déjà écaillées, déjà effritées par le temps, déjà moussues. Un hassid [1] bossu disparaît derrière un rideau de lamelles de plastique multicolores.

J'entre dans un petit restaurant du Souk Mahané Yéhuda. Lorsqu'il me voit, le patron a

---

1. Hassid : juif orthodoxe.

un sursaut comme s'il me reconnaissait. Il ébauche un sourire, plisse le front pour retrouver mon nom dans sa mémoire, mais il renonce à chercher dans ses souvenirs. Après tout, il vient tant de monde dans sa salle.

Sa chemise fripée, fermée par un seul bouton sur le ventre bedonnant, révèle la poitrine velue, barrée d'une lourde chaîne d'or. Un pantalon en flanelle puce bâille sur la fente des fesses malgré la ceinture de cuir.

Il glisse vers moi, penche son visage où le sourire fait comme une brèche dans la barbe mal rasée.

« Du houmous [1] et des piments. »

Il hoche la tête, crie vers le guichet ménagé dans la porte de la cuisine « Houmous, piments », et regagne sa place derrière le comptoir. Le minois d'un gosse de quatorze ans, décoiffé et rieur, s'encadre dans le guichet, répétant à son tour : « Houmous, piments ».

A nouveau, d'une démarche lente, le patron chaloupe vers moi. Et son pouce plonge dans le houmous blanchâtre étalé sur l'assiette. Dans le milieu, on a creusé un puits pour y verser une cuillerée d'huile d'olive. Un quart de tomate, un cornichon et demi-oignon nagent dans une autre assiette. Le patron pose encore sur la table

---

1. Houmous : purée de pois chiches.

un panier d'osier contenant des pitas [1] chaudes. « Voilà! » dit-il. Et il reste devant moi à me regarder manger, ses mains pelotant ses hanches. Comme je ne lui prête plus attention, il repart en traînant les savates. L'angoisse a la même résonance étouffée et clapotante.

Des hommes entrent, boivent au goulot de petites bouteilles de coca-cola, aux robes noires ternies par une mince pellicule de glace. Ils lorgnent de mon côté, flairant la femme. Mais ils ignorent qu'au fond du vase, se love un serpent prêt à mordre l'imprudent. Nourri jour après jour de phrases ambiguës, « fais attention aux hommes », « ouvre l'œil », « sois réservée », il darde sa langue et siffle haineusement. A en croire mon père, chaque pas est un danger, chaque geste met en branle le mécanisme d'une bombe, chaque sourire peut conduire au viol. Restons sage, ne bougeons pas, la valeur se mesure au silence, l'honorabilité se jauge à la paralysie de la statue. Et ce mot douteux, singulièrement équivoque : « Marie-toi et ensuite fais ce que tu veux. » J'ai longtemps ramé à contre-courant de mon éducation. Fuir. J'ai simplement omis, révoltée par ces préjugés, de m'accorder auparavant avec ma plus solide alliée : ma mémoire.

---

1. Pita : pain plat et rond d'origine libanaise.

Ici, à dix-sept ans, j'ai goûté au fruit âpre de la liberté. Sa chair avait la violence d'un sexe. La Juive, prise de vertige, cédait, se ratatinait, se décharnait. J'ai failli croire que j'avais eu sa peau. Cette peau molle des prépuces. Mais la Juive était increvable. Elle guettait dans l'ombre le moment propice.

Le vacarme du marché s'amplifie. C'est l'heure où les hommes, en sortant du travail, longent la ruelle et ramènent des victuailles à la maison. L'heure où ils errent en nage, les cheveux défaits, respirant avec délices l'humidité du crépuscule. Quelques-uns prolongent leur halte en s'entassant dans des cafés, leurs regards appuyés sur les filles. Ils rient en s'interpellant, en claquant leurs paumes contre d'autres paumes, en se tapant les cuisses, en s'injuriant. Des femmes aux lèvres rouges viennent se frotter contre eux, avec des attouchements si précis, que les sexes se frôlent, que des mains s'égarent sur des jeans moulés.

Oui, elle avait eu sa revanche, la Juive. Quand j'eus découvert que la peur de mourir engendrait une voracité à vivre.

Avec Bernard, à Paris, la jeunesse agressive s'était peu à peu calmée. Il s'était moqué gentiment de mes spartiates de cuir pour m'enfiler aux pieds des escarpins de daim noir à talons hauts. Mes jeans, mes chemisettes, mon style

« kibboutz » lui déplaisaient. Impeccable dans ses costumes, il souhaitait une femme élégante. Ses attentions m'ont émue, je crois. Il tournait autour de moi avec une admiration silencieuse, attaché à exaucer mes moindres désirs et j'ai appris lentement à l'aimer. Il m'écoutait. Il m'écoute. A force de lui raconter le désert, j'ai compris qu'il était possible d'oublier. Il me proposa d'autres parcours sur des pistes plus proches des siennes, et il ne me coûtait rien de lui obéir puisque lui aussi savait céder. Il aimait les parcs, les étangs, les lieux où l'on s'étend sur l'herbe avec un livre, avec parfois un appel à l'autre pour qu'il partage un passage important. Il aimait le jazz et m'apprit à reconnaître la voix des chanteurs noirs et les lignes mélodiques de leurs improvisations. Il disait : « Tiens, ce moment que nous vivons ressemble à ce morceau. Écoute. »

Mais Bernard à Jérusalem ? Bernard confronté à mon père ? Quelle attitude Bernard adopterait-il sous les tableaux des rabbins et les gravures de Moïse ? L'indulgence ? L'embarras ? Les bruits du marché ont décru les uns après les autres. Il reste çà et là encore quelques cris qui ressemblent à des effilochures dans un ciel clair. Dans quelques minutes, une demi-heure au plus tard, on fouettera les allées au jet d'eau pour chasser les détritus vers les égouts. Les projecteurs ont été allumés et la nuit est définitivement

28

tombée. Alors, repoussant ma chaise avec précaution, veillant à ne pas faire racler les pieds
de fer sur les dalles, je me suis levée, et j'ai
laissé, sur la table souillée, un billet français.

2.

Maintenant, je me hâte, le cœur battant d'appréhension. Mon père a dû rentrer et sa colère doit augmenter à mesure que mon absence se prolonge. Il doit ruminer à voix haute, comme d'habitude, ses récriminations à ma mère. « Même le premier soir, incapable d'être là, avec nous. Faut qu'elle aille rôder dans les rues. Comme si on ne comptait pas. » Pour échapper à cette mélopée, elle doit agiter ses casseroles ou avoir battu en retraite dans la salle de bains sous le prétexte d'une machine de linge à préparer.

Mais il faut attendre l'autobus. Un groupe de femmes et d'hommes s'énervent, des cabas coincés entre les jambes et des filets en plastique dans les mains. Je reconnais certains d'entre eux. Ils sont arrivés à Jérusalem la même année que mes parents. Comme eux, ils se sont exaltés, puis, déçus, ont menacé de tout plaquer, envisageant un retour immédiat en France. Mais le temps a passé. Ils sont toujours là, ronchonnants et grincheux, calculant sur tout, la viande et les loisirs, envieux des touristes « qui claquent le fric », prompts à vous avouer qu'ils ont eu, eux aussi, par le passé, une situation plus aisée. Devant votre silence, ils finissent par se taire, un peu confus de s'exhiber. Car au fond, ils sont las de lutter. Le chemin a été long, une trajectoire en accent circonflexe. Premier éveil : l'Afrique du Nord. L'exil ensuite vers Paris, Marseille, Lyon, avec des éternuements de nostalgie, des picotements du sinus, des tête-à-tête empoisonnés avec le « paradis ». Devant la boussole qui s'affole, ils ont à nouveau refait leurs valises, une fantaisie. Jérusalem. Un caprice qui coûte cher. Leurs gosses, certes, parlent hébreu et s'amusent dans les terrains vagues en imitant les manières des jeunes sabras. Mais eux, les parents, restent des transfuges, maniant maladroitement la langue, tétant la Bible comme dernier recours. Ils me saluent, s'exclament, joyeux : « Alors ? Tu es venue passer l'été avec nous ? Ta mère doit être heureuse ! Elle pourrit sur pied depuis que tes frères sont à l'armée. »

Je réponds poliment, sans enthousiasme, demandant du bout des lèvres des nouvelles des enfants et du mari.

Le bus arrive enfin. Et chacun joue des coudes, poussant, pinçant, de crainte d'être laissé sur le carreau quand les portes se fermeront.

Nous en avons pour une demi-heure, coincés les uns contre les autres, dans des odeurs de tomates écrasées, de pêches trop mûres, de raisin qui jute. Ceux qui sont parvenus à s'asseoir sortent leur paquet de cigarettes. Les autres, sans protester, se contentent de baisser les vitres des fenêtres.

Quand nous aborderons le tournant de Talpiot, je pourrai voir, par cette route qui la surplombe, Jérusalem dans la nuit. Des milliers de lumières qui clignotent et répondent aux milliers d'étoiles du ciel. Le dôme illuminé de la mosquée d'El Aqsa, la tour du YMCA et peut-être aussi la silhouette massive du King David dont naguère j'abusais des salons en allant étudier sur les frêles bureaux mis à la disposition des touristes.

Le seuil à peine franchi, c'est mon père que je vois assis au fond du salon dans son fauteuil favori. A mon entrée, il lève à peine la tête de son livre. Après trois ans d'absence, il ne vient pas à ma rencontre pour m'embrasser. Mais son corps s'est tassé davantage de crainte que je m'écarte de lui. Je connais le code. Il m'incombe, à moi sa fille, de l'approcher la première et lui souhaiter le bonsoir. Alors seulement son visage s'éclairera. Pendant trois ans, il a médité cet instant, préparé ses mots, muselé sa rancœur, raturé dans ses souvenirs tous les passages qui marquaient discorde, mésentente, coups, pleurs. Il a mis, comme les bonnes pressées, la poussière sous les tapis. Mais face à moi, pris de court, il reste muet. Sa coupe de cheveux est sévère. Une barbe courte et blanche mange les joues et le menton. Lui aussi se néglige. Ses épaules ont perdu de leur puissance. Il s'est voûté. Jusqu'à sa bouche qui me paraît plus grosse comme si les lèvres s'étaient pliées au mouvement général du corps en s'affaissant. Il porte les vieilles lunettes de Saba, celles qu'il avait rafistolées jadis en collant sur les branches brisées du sparadrap. Elles ne doivent pas être adaptées à sa vue, mais c'est sa manière à lui de se punir.

Il attend, rencogné dans son fauteuil, la peau très jaune, les pommettes saillantes. Quand j'étais enfant, il jouait à m'envoyer au plafond pour m'arracher un sourire. Depuis le silence entre nous est tombé.

Je frôle ses cheveux dans un baiser hâtif. Il se racle la gorge longuement pour se défaire de son émotion. Il me lance gauchement : « Ça va ? » Mais ses yeux m'évitent. Et c'est bien ainsi, car déjà je me tiens devant la véranda à observer le noir de Jérusalem.

Mon père se redresse en tirant sur son pull. Il se dirige vers sa veste. Il en extrait un portefeuille au cuir cassé, gonflé de papiers inutiles pour la plupart, certains datant de la

France mais qu'il transporte pour se rassurer. il se racle la gorge une fois de plus, pose sur le buffet quelques billets et, sans dissimuler sa tristesse, il dit doucement : « Tiens, tu dois avoir besoin d'argent. N'hésite pas à m'en demander. »

Il se rassoit lourdement dans son fauteuil, feint de s'intéresser à son livre. Et c'est à mon tour de murmurer d'une toute petite voix éraillée : « Merci, papa! » Je quitte la pièce, essoufflée, avec dans la gorge un sanglot ridicule. Pourquoi? Puisque tout s'est vraiment bien passé.

C'est ma première nuit à Jérusalem. Une nuit neuve qui ne ressemble pas à celles qui me hantent lorsque je rêve d'elle à Paris. Combien de fois le doute ne m'avait-il pas assaillie là-bas? Que sais-tu de cette ville? Pourquoi es-tu son otage? Et si tu n'avais pas été juive éduquée dans la tradition, martelée par la religion, t'aurait-elle marquée avec autant de force? Mais ces questions sont aussi fausses que les sons tirés d'un piano désaccordé. Jérusalem est hors des limites de ma logique. Elle danse en moi par des détails insignifiants d'une banalité extrême. Des buissons rabougris qui se cramponnent aux fissures d'un mur. Une qualité de lumière. Une qualité de silence. Le vent qui se lève le soir et vous gèle la peau brûlée par la chaleur de midi. Les robes de grossesse des femmes, d'une laideur criarde, ornées de fleurs et de dentelles.

Jérusalem est embarrassante. On l'imagine fragile, elle vous oppresse. Et ma mémoire s'embrouille à retrouver les fils dans cette chambre crépie à la chaux où tous les objets me parlent de mon enfance. Les images naïves punaisées sur la porte, les livres de la Bibliothèque Rose alignés sur une étagère, les bibelots grotesques, ébréchés, fêlés, que ma mère a tenu à conserver.

Chuchotement des parents dans leur chambre. La guerre pour eux, c'est cette maison trop grande et vide depuis que Danny et Joseph ont été enrôlés. La guerre, c'est cette solitude à partager à deux, cette rencontre furtive du regard qui n'ose pas avouer sa peur et qui se détourne avec gêne pour n'être pas le miroir de la détresse de l'autre. Les voici condamnés à attendre de semaine en semaine le jour de permission de mes frères qui rentrent pour se jeter dans un lit, ivres d'épuisement, et qui dorment vingt-quatre heures d'affilée comme des brutes.

Est-ce pour apitoyer Dieu que ma mère s'est couvert la tête d'un foulard?

« Tu veux du thé ma fille? »

Elle s'avance timidement, un verre coloré à la main. Dans le liquide mordoré flottent des pignons. Demain je lui achèterai un nouveau foulard, je l'emmènerai chez le coiffeur. Elle redeviendra belle comme je l'ai vue un jour. souriante et émue, qui parlait en faisant sonner ses bracelets d'or. Elle m'avait amusée ce jour-là. Je n'avais pas compris qu'elle était amoureuse de l'architecte, un Marocain de Casablanca qui étudiait avec elle à l'Oulpan et qui n'a supporté Jérusalem que deux mois. Il était venu avec sa famille mettre un terme à l'errance. Il avait vite déchanté. Mais durant ces deux mois, une sorte de connivence contenue, très importante, avait régné entre ma mère et lui. Quand il venait la voir à la maison sous des prétextes futiles et qu'elle se trouvait seule, ma mère laissait la porte ouverte, maintenue par une pierre ou une chaise. Ainsi nul n'aurait pu la surprendre en tête à tête avec un homme. Il était calme, plein d'humour. Il réussissait à la faire rire là où mon père avait échoué. Emporté par l'enthousiasme, il lui expliquait des choses savantes, et elle, si recroquevillée dans sa vie, s'épanouissait, pouffait en plaçant sa main contre sa bouche. Devant lui, quand elle parlait, elle faisait sonner ses bracelets. Et un peu de sang éclaboussait ses joues trop blanches. Je crois que si elle avait osé, elle aurait dansé pour lui, il lui donnait cet essor que toute femme espère depuis l'enfance. Lui seul avait trouvé les mots pour l'atteindre et c'était un langage des yeux.

Puis il est parti et elle s'est refermée comme si jamais un architecte n'était venu lui enseigner l'art de faire sonner les bracelets. Elle s'est résignée à l'espace de mon père, à la régularité. Laver le linge, écrire la liste des commissions, faire le ménage. Regarder calmement vers demain entre le sifflotement de la bouilloire et le chuintement du bouchon de la cocotte-minute. Plus de souffrance, plus de désir. Avec seulement le cœur qui cogne quand les fils sont retenus à la base.

« Ma, tu veux m'accompagner demain à Beershéba ? »

Elle me dévisage un peu étonnée, heureuse.

« Tu veux de moi ? »

Comme je ris, elle se lance.

« On pourrait aussi décider d'aller se baigner un jour à la mer Morte ? Et puis, j'ai tellement envie de faire un pèlerinage sur la tombe des Saints à Tibériade. Ton père me prive de tout. Il n'aime que son fauteuil. Il se jette sur un livre et moi je tourne dans la maison avec personne à qui parler. Quand je le dérange, il grogne. Il dit que je lui rogne sa vie. Quelquefois, je m'endors à sept heures. Je pourrais, bien sûr, regarder la télévision, mais les films sont en anglais avec des sous-titres en hébreu. Alors vraiment, tu es d'accord pour la mer Morte ? Je préparerai des sandwichs. Non, après tout, puisqu'on fait la fête, je me réveillerai tôt le matin pour frire des beignets. Dommage, tes frères n'en profiteront pas. »

Là-haut dans le ciel, la lune s'est placée, toute ronde, lumineuse. Un chat miaule. Le robinet goutte, lancinant. Comment vivre loin de l'amour d'une mère pendant trois ans ?

Ma mère est partie et la nuit a laissé pousser ses ongles. Les moustiques tourbillonnent autour de moi avec des sifflements rageurs. Pour ne pas gâcher cette première nuit, il aurait fallu que je sorte dans les rues tâter les pierres, renifler dans les poubelles, grimper aux oliviers. Il aurait fallu que je me mette nue sur la caillasse en fredonnant les premières mesures d'une sonate de Beethoven. Alors Jérusalem m'aurait engrossée.

Il m'avait dit « Ça va ? » après trois années d'absence. Maintenant il ronfle, couché sur le côté. Il ne demande rien sur la vie à Paris, sur le travail, sur les amis. Mais il compte mes mégots de cigarettes et râle à voix basse en arabe et en français en accusant la fatalité. Il avait dressé la table. Mal. Ainsi, il pouvait à tout moment se lever, quérir dans la cuisine la salière, les verres, une serviette. Il n'écoutait que des bribes de conversation ; quand une idée lui paraissait suspecte, il se retirait et ronchonnait en furetant dans un placard. Il était assis avec nous, mais un étranger aurait pris plus d'espace. Il n'était pas même un étranger, il n'était pas là.

Après le repas, il a versé quelques gouttes d'eau sur ses mains au-dessus de l'assiette jonchée de pelures de poire. Les doigts rincés, il a récité la prière, éructé, émis pour la forme un « c'était bon » et il est allé se pelotonner devant la télévision. Quand il dort, il s'explique avec le Diable et le Bon Dieu. C'est un homme qui aurait besoin de prendre une cuite, de se soulager en faisant des folies. Mais quand la tension monte en lui, il avale un Tranxène, un Gardénal ou un Valium. Et il reste dans son coin à trembler comme un fou avec des mots qui rôdent dans sa tête, qui tournent, tournent et heurtent d'autres mots.

3.

Nous avons pris le bus de Beershéba à midi.
C'est ma mère qui a payé les billets en se
précipitant sur les guichets la première. « Si, si,
fais-moi plaisir. » Et j'ai eu honte de ses doigts
blessés par d'infimes coupures noires, crispés
sur le porte-monnaie. Dans un sac en plastique,
elle avait soigneusement plié son tailleur bleu
marine, celui qu'elle sort pour les grandes
occasions, car je lui avais appris que nous irions
au mariage de Michaël. Ses yeux avaient ques-
tionné : « Et ta grand-mère ? » mais elle s'était
tue.

Dans le bus, elle vérifie le débit de l'air
conditionné en tripotant une rondelle de plastique dentelée. Elle se lève à deux ou trois
reprises pour s'adresser au chauffeur, mais je
n'ai pas entendu ses réclamations. Enfin, elle se
calme, fière de parler en français, d'être prise
pour une touriste par les autres voyageurs.

La nuque confortablement installée sur le boudin du dossier, le visage de biais, elle se rengorge.

« Un jour, je viendrai à Paris, tu vas voir. Je visiterai tous les monuments, la tour Eiffel, le Sacré-Cœur. Peut-être aussi le musée du Louvre ? Il paraît qu'il y a des tableaux merveilleux ! »

Elle claque la langue avec gourmandise et jubile. Car ma mère est royaliste. Elle voue un amour sans bornes aux reines et aux princesses, aux atours et aux dorures.

« Quand tes frères finiront leur armée, je serai plus tranquille. Oui, je crois que je m'offrirai ce voyage... Tu repasses quelquefois rue du Chemin-Vert ? »

Je grimace.

« Non ! »

Le bus glisse avec douceur sur la route en lacet. Collines nues sous la lumière qui s'abat comme un marteau. Le paysage n'a plus de relief. Incrédule, on le voit qui se fracture pour éclater sous la pression de la chaleur. Abrités derrière les vitres du véhicule, on assiste de loin à cette mort inévitable de la terre où chaque vigne, chaque verger représente comme une chance usurpée.

La voici maintenant derrière nous, la ville de murailles, et les Arabes se font plus nombreux. On les croise, courbés vers la terre, qui soignent leurs plants, la tête protégée d'un keffieh. Ils tirent leurs ânes lourdement chargés, marchant d'un pas lent, sans prêter attention au klaxon rageur du chauffeur qui veut ouvrir la route.

« Nous n'avons pas été heureux n'est-ce pas, rue du Chemin-Vert? demande ma mère.

– Non! »

Elle se ronge un ongle avec nervosité.

« Ton père a fait ce qu'il a pu... Il ne savait pas... De Gabès à Paris... C'était trop brusque, tu comprends?... Il vous a élevés dans l'éducation qu'il avait reçue... Il a eu peur que vous lui échappiez...

– Oui... »

Combien de fois dans ce brasier, n'ai-je pas attendu un stop, n'ai-je pas détruit et reconstruit le monde dans un délire provoqué par la densité de lumière? En short, les jambes nues, les cheveux répandus sur les épaules, j'étais déjà perdue pour Israël, l'Israël antique qui s'obstine à reconstituer l'univers biblique, et qui, bravant la guerre, s'acharne à édifier sur ces mêmes collines des colonies ceintes de fils barbelés. Piquants comme des chardons, leurs villages en préfabriqué semblent désaffectés avec leurs courtes ruelles sans arbres aux issues condamnées par des grillages plus hauts que les maisons.

« Tu étais l'aînée ma fille... Avec Danny et Joseph nous avons pu nous entendre... Mais toi, toi, tu ne te contenais jamais... Tu es trop moderne pour ton père... Il ne pouvait pas te suivre... Il faisait un pas vers toi pour te rattraper, mais tu étais encore plus loin... De Gabès à Paris... ça l'a étourdi, tu comprends ?

– Oui... »

Le grand jeu était de longer cette route au crépuscule et de ressentir la peur sur la voie silencieuse avec la chemise qui claquait au vent. Peur du piège qui se refermait entre les mâchoires des montagnes où l'ombre tombait en sifflant des rafales de combat.

« Et tu nous as menés ici, dans ce pays... Ton père s'était dit, ça y est, je l'ai rejointe... Il a défait les valises, ouvert les cartons, choisi la place des meubles, il a acheté la maison... Le temps de payer les premières traites et tu lui annonçais ton retour à Paris... Il a cru devenir fou... La nuit surtout, il me faisait peur... Il disait que son corps le démangeait... Il se grattait jusqu'au sang, les bras, la poitrine, le cou... Ma fille, tu m'écoutes ?

– Oui... »

Ici, j'ai vu des soldats pleurer d'avoir à rentrer à leur base, perdus dans le désert de ces trois années obligatoires, rêvant de s'y soustraire mais incapables de l'admettre.

Ici, comment l'avouerais-je à ma mère, une nuit j'ai fait l'amour à même la terre, embrassant les lèvres de l'homme et les mottes, emportée par le même élan d'excitation.

« Tu n'as pas essayé de lui faire comprendre...

Tu lui as dit : " Je m'en vais. " Toi, tu étais légère. Une valise à peine. Une chemise, deux pantalons. Tu laissais tout derrière toi chez nous, tes livres, tes disques, tes objets... Tu fuyais comme une gazelle... Lui... Là où il posait les yeux, ça coûtait de l'argent. Tu lui jouais un drôle de tour...

– Non ! tu as tort ! Il rend la vie étroite... Partout où il vit, moi j'étouffe. Je me sens prisonnière dans mes mots, dans mes gestes, comme si chacun possédait un sens double. Il m'inspire des peurs irraisonnées. Tout est dans l'interdit, le tabou, j'ai besoin de tolérance... »

Elle se tait, met sa main rêche sur mon bras. Et soudain, elle rit.

« Oui, je viendrai à Paris. Tu me montreras comment tu vis, tu me feras visiter les châteaux, les musées, tu m'emmèneras au cinéma et au théâtre. J'ai quarante-cinq ans, mais je n'ai jamais été au théâtre. »

Ma mère peu à peu se défait de ses dernières réserves. Il y a tant de silences contenus en elle qu'elle en explose de rires et de mots. Dès qu'elle quitte son mari, commence sa liberté. Et dans ce désir fou qu'elle a de la vie, je reconnais Jérusalem et son attente, je retrouve l'espérance que cette ville irradie et qui devient pour tous les pèlerins la clef de l'infini.

Beershéba représente le premier seuil du désert. Les bâtiments conçus par les architectes depuis l'indépendance ont été construits dans une débâcle de béton gris, à vif. Leurs squelettes lancent vers le vide des balcons tortueux, des escaliers tournants, contrefaits, qui ressemblent à des serpents de fer. Entre les immeubles s'étendent des zones de sable souillé par des boîtes de conserve, des cartons déchirés et des lambeaux de vieilles robes. Les tornades puissantes les apportent en été. Ils tourbillonnent au sein des rafales, comme mus par le souffle d'un géant invisible. Ils retombent ensuite un peu plus loin, flasques et sages, s'enlisent et attendent les prochaines colères qui les animeront. La Mairie lance à leur recherche des Bédouins habillés d'un uniforme terne, munis de petites charrettes et de piques brillantes. Durant trois, quatre jours, les patrouilles sillonnent la région et traquent les déchets qu'elles récupèrent en appuyant dessus doucement, douloureusement du bout de leurs piques. Mais d'autres vents se lèvent, hamsin ou sirocco, qui drainent avec eux, on ne sait d'où, ces journaux et ces guenilles.

Nous marchons ma mère et moi, en nous enfonçant péniblement dans le sable brûlant. Tout à l'heure, elle s'était endormie sur mon épaule et elle n'a pas entendu les deux communiqués radio qui annonçaient plusieurs dizaines de blessés et trois morts victimes d'une embuscade à Beyrouth. La journaliste, voix fade, presque lunaire, n'avait pas dévoilé l'identité des soldats. Jusque dans ce bus étanche qui roulait fenêtres fermées sur le ruban d'asphalte, l'actualité nous poursuit. La guerre entre de partout. Énervés, les voyageurs avaient commenté l'incident, et ils se tournaient les uns vers les autres en soupirant. Une femme s'était mise à geindre et ses mains tremblaient au-dessus de sa robe bleue. Comment arracher Danny et Joseph à ce conflit?

« Attends ma fille, pas si vite, je n'en peux plus. » Genou plié, joues brique, ma mère extrait un mouchoir de sa poche, s'essuie le visage. Alors j'ai réglé mon pas au sien. Je n'étais pas pressée d'affronter ce qui nous attendait là-bas, dans le quartier de ma tante où on avait parqué les vieillards cacochymes, les immigrés de Géorgie braillards et paresseux, les Marocains dangereux qui manient le couteau aussi bien que la parole. En hébreu, pudiquement, on surnomme ce lieu « le quartier du manque ».

Des gosses vêtus de vêtements laids jouent parmi des épaves dans la moiteur de l'après-midi. Ils s'interpellent en parlant vite et haut. Des chiens faméliques, en faction sous la voûte des immeubles, s'enfuient avec une expression misérable lorsqu'un enfant fait mine de les approcher. Ici même les chiens redoutent les persécutions des enfants.

On débouche enfin dans le quartier de ma tante. Des femmes habillées de robes informes, les cheveux teints, les seins énormes et mous, sont assises le long de petits bancs. Elles bavardent en croquant des graines de tournesol. Autour d'elles, les écorces font un épais tapis noir et blanc. Des mouches agacent leurs pieds nus et se posent en bourdonnant entre leurs orteils comme pour y butiner un suc particulier. Les femmes ne cherchent pas à les chasser, mais elles chapitrent avec hargne les enfants qui jouent.

C'est Aliza, ma tante, qui ouvre la porte et recule, surprise par ma présence. Elle lance un long youyou de bienvenue, m'effleure la joue de ses lèvres sèches et nous introduit en clopinant dans la salle de séjour. Elle nous fait asseoir et aussitôt, sans autre préambule, éclate en sanglots. J'ai longtemps admiré sa faculté de pleurer subitement. Elle a juste besoin d'un encouragement, un mot de sympathie, et ses yeux laissent sourdre une eau claire qui dégouline le long de ses joues, du nez en trompette, en creusant des sillons nets. Elle pleure en reniflant dans un bruit qui ressemble à un vagissement rauque. Aliza a toujours été excessive.

Accroché à un coin du plafond, le ventilateur

qui halète lui sert de musique de fond. Elle pleurniche, mais son regard demeure perçant. Elle m'observe avec ruse, évaluant le prix de ma robe, critiquant ma bouche maquillée, mes yeux soulignés de khôl. Elle hoquette, « Elle va mourir », en se mouchant avec le coin de son foulard en nylon jaune.

Éblouies par la longue marche au soleil, ma mère et moi restons silencieuses, désorientées par l'agencement vulgaire de la pièce. Au fond, deux réfrigérateurs, l'un en état de marche, l'autre, acheté en prévision du mariage du fils, est protégé à demi par une housse à fleurs qui a glissé; un buffet en formica marron strié de bandes blanches occupe toute la longueur d'un mur. Derrière ses vitres poussiéreuses trônent des verres ornés de danseuses lascives à la chair rose et des photographies de scènes champêtres gondolées et brunâtres. Une carpette à poils courts et brillants, clouée au mur, représente un lion roux. Deux fauteuils efflanqués ouvrent des bras désespérés.

Aliza nous raconte avec une profusion de détails l'état de santé dégradant de Safta, les efforts qu'elle fournit quatre fois par jour pour la laver et la changer, les veillées devant le vieux corps parcouru de frissons. Elle ajoute méchamment :

« Elle t'attend pour mourir. Elle ne cesse de murmurer ton nom dans ses délires. »

Se méprenant sur mon silence, Aliza poursuit avec mépris :

« Ah! Tu n'as pas changé. Un cœur de pierre. Ton père n'a pas été béni avec toi! »

Aliza est passée sans transition de la vigueur d'une jeune femme à la vieillesse. Comme si le temps avait pesé sur son corps pour le réduire à une mince silhouette. Ses jambes ont enflé. Ses chevilles se sont tordues. Ses orteils à l'oblique, déformés par des cors, se chevauchent.

Je vois encore ses lèvres s'agiter, avec reproche, mais je ne l'écoute plus. Et ce sont les doigts frais de ma mère sur mon front et mes joues qui me réveillent de ma torpeur. Comme une automate, je les ai suivies dans la chambre voisine. En croisant mon reflet dans un miroir, j'ai trouvé que j'étais belle.

Safta a été installée dans une pièce exiguë où une fenêtre, étroite, carrée, diffuse une lumière tamisée par un rideau de mousseline vert. Sur une table bancale, des boîtes de médicaments sont rangées dans un ordre impressionnant. Faut-il tant de drogues pour la maintenir en vie?

Elle est allongée sur son lit, recouverte d'un drap blanc. Sa tête, gros caillou triangulaire d'une pâleur alarmante, repose sur un gros coussin. Le foulard qui ne l'a jamais quittée, de jour comme de nuit, s'est dénoué, dénudant le crâne où des mèches blanches, moites, collent à la peau translucide, délicatement veinée de rose et de bleu.

Sur une étagère à son chevet, un vieux réveil Jaz, rouge, marque une heure qu'elle n'aura plus besoin de consulter.

Aliza se penche, lui laboure l'épaule :

« Ta petite-fille est arrivée, dis-lui bonjour. »

Safta, l'œil révulsé, fixe le plafond. Ma mère tente de s'interposer pour arrêter le manège odieux d'Aliza, mais celle-ci insiste, appuie plus cruellement sur l'épaule décharnée. Elle besogne l'agonie comme on tisonne des braises en espérant que le feu prenne.

Aliza s'est remise à pleurer couchée contre sa mère dans un corps à corps grotesque. La mienne se dandine gênée, d'un pied sur l'autre, ne sachant quelle contenance prendre. Moi je trouve simplement que la mousseline verte qui couvre la fenêtre distille vraiment une belle lumière.

Ensuite, nous avons tué le temps, assises sagement dans les fauteuils, n'osant guère bouger de crainte d'éveiller la colère d'Aliza. Dans la troisième pièce de l'appartement, Nessim, mon oncle, fredonne d'une voix nasillarde. Atteint d'obésité, il peut à peine se mouvoir. Lui aussi demeure couché nuit et jour, le poste de radio bourdonnant, collé à son oreille. « Entre lui et ma mère, se plaint Aliza, je suis devenue une servante. »

Il règne une chaleur suffocante. Le ventilateur poussif fait de son mieux pour rafraîchir la pièce. Je me laisse engourdir par le murmure des voix. Ma mère et Aliza conversent en arabe et évoquent des souvenirs. Encore le passé. Leurs paroles font des entailles dans ma mémoire, ravivent des impressions très anciennes et insupportables. En fermant les paupières, je serai assaillie par des images intactes où ambiance et dialogues ont été préservés. J'allume délicatement une cigarette et avec un rictus amer, je regarde ces deux femmes, les mouvements de leurs mains, de leurs yeux. Dans vingt ans, ma mère étiolée ressemblera peut-être à Aliza, envieuse des plaisirs qu'elle n'aura pas goûtés, des voluptés dont elle aura été exclue. Quand très proche du trépas, elle se retournera sur sa vie et constatera les impudeurs qu'elle n'aura jamais osé commettre. Mavrika, la putain de Jérusalem connaît, elle, toutes les danses du sexe, celles qui peuplent la nuit vos rêves, quand on mouille ses draps de rage et de désir, celles qui vous hantent quand on se cambre soudain, les seins gonflés de râles qui resteront secrets.

J'imagine le gros Nessim qui éclate sous la piqûre d'une épingle. Rit-il quand on lui chatouille l'aisselle de la pointe malicieuse d'une plume ? Aliza a-t-elle jamais aimé ? S'est-elle déjà abattue en hurlant sur un lit, torturée par la faim d'un homme ? Sa main s'est-elle déjà introduite entre ses cuisses en appelant à des étreintes coupables?

Dans la rue, des enfants se harcèlent et se frappent avec des cris assourdissants.

Quelquefois, Safta geint. Aliza et ma mère se taisent et tendent l'oreille. Mais dans le silence qui s'installe la plainte ne se prolonge pas. Alors d'une voix plus feutrée, elles reprennent le fil de leur conversation et à nouveau leurs mains s'agitent, inlassables, avec le cliquetis des bracelets. Leur mélodie m'enchaîne, m'entraîne vers les terrains mouvants de la rue du Chemin-Vert. A qui offrira-t-on les bijoux de Safta? Les emporterai-je à Paris pour éclairer devant Bernard les masques de l'aïeule, ses sourires, ses élans, son bavardage, le frôlement de sa paume sur mes cheveux qui s'accompagnait toujours d'un tintement faible? Les souvenirs ne vont jamais au cimetière avec les corps. Et je veux oublier. Être enfin heureuse.

J'ai dit : « Ma, je reviens », et je suis sortie dans le quartier, les yeux baissés pour éviter le regard vicieux des garçons dont les yeux lèchent avec gourmandise le corps des femmes. Une tactique simple qui leur impose le respect. La rue est en pente et mes idées glissent à une vitesse vertigineuse. Ici, Saba avait vécu les derniers mois de sa vie, marchant à pas petits, précautionneux, et j'ignorais qu'il allait mourir vite, entre deux toussotements, avec la discrétion qui l'avait caractérisé. Il allait tous les jours de la maison au kiosque, achetait une première bouteille de bière qu'il buvait sur place, debout dans un coin d'ombre avec des gémissements de satisfaction. Il la dégustait sans se hâter, sourd aux moqueries des gosses qui tournoyaient devant lui en lui tirant la langue. Il emportait la seconde sous son bras, et son poids si léger lui semblait pesant dans la rue qu'il devait remonter, appuyé sur sa canne qui s'enfonçait dans toutes les anfractuosités du terrain. Safta l'attendait sur le palier et c'était elle qui était ivre, mais de colère. Dans les derniers jours de sa vie, elle l'avait terrifié. Et il levait sa canne vers elle en reculant vers sa chambre tandis qu'elle le traitait d'ivrogne.

Le propriétaire du kiosque n'a pas changé. Roux, tavelé de son, souriant, il m'appelle :

« Tu avais disparu, me dit-il en m'offrant une cigarette.

– J'étais en France.

– J'ai vu, dit-il en riant. Tu es toute blanche. Ta peau contraste avec celle de nos nègres. »

L'homme est généreux. Il fait crédit aux familles et les notes qui s'allongent sur son cahier crasseux ne l'effrayent pas.

A la mort de Saba, mon père avait réglé des dettes qui remontaient à plusieurs mois.

« On m'a dit que ta grand-mère est au plus
mal... Un à un, nos vieux meurent, et avec eux
la Tunisie, le Maroc, le Yémen... » D'un geste
vif, il décapsule une bouteille de coca-cola,
emplit deux verres, en pousse un vers moi.

« Bois! A ta santé... Je la regretterai... une
sacrée femme. Elle s'était fait une réputation
dans le quartier, en dix ans! Même les Géorgiens
la respectaient! »

Et il s'essuie la bouche du revers de la main.

« Tu restes combien de jours ici?

– Oh, juste une nuit! »

Il hoche la tête avec compréhension. Et on
se sourit, car il aime la vie, les rires et la
musique. J'ai terminé ma cigarette près de lui,
puis j'ai continué ma promenade vers la fin de
la rue, là où les dunes de sable se cabrent contre
les remparts de béton.

Safta et Saba avaient raté leur vie à cause
d'un malentendu terrible. Ce même malentendu
avait brisé ma mère et j'avançais aujourd'hui,
blessée par ces éclats, acérés comme des tessons
de verre. A la mort du vieillard, j'étais repartie
en France en faisant le serment d'oublier le
passé, de construire des digues contre la souffrance. Guidée par Bernard, le Polonais, j'avais
cru réussir.

Saba n'avait jamais compté. Ni aux yeux de
sa femme, ni aux yeux de son fils. Il n'avait

même jamais compté pour personne si mes souvenirs sont exacts. Orphelin de mère, son père s'étant remarié, il avait commencé à subir les assauts du mépris. Très vite, il avait trouvé un refuge dans l'étude du Talmud (mon père prétendait qu'il étudiait la Kabbale, mais je sais aujourd'hui qu'il fabulait). A quinze ans, malingre et falot, il fut marié d'office à la belle Rachel qui espérait un statut prestigieux. A cette époque en effet, épouser un érudit, un Maître de la Loi, représentait une réussite sociale. Mais lui refusa de se tourmenter pour acquérir une renommée. Il n'aspirait qu'à l'étude, demeurait dans un coin de la synagogue poussiéreuse de Gabès à psalmodier sur des parchemins jaunis au lieu de s'imposer dans la ville en réglant des litiges, en mariant les uns, en divorçant les autres ou en prononçant des sermons brillants. Il résista aux injonctions de Rachel et se refusa à faire de sa passion un métier qui lui rapporterait de l'argent. Il subvenait aux besoins du ménage en exerçant la modeste fonction de shohet. Le soir, il veillait tard après s'être purifié de tout le sang des poulets égorgés, des vaches abattues, des brebis dépecées. Quelquefois, sur des cahiers étroits et longs, il écrivait à l'encre verte un commentaire sur un passage de la Bible ou du Talmud. Il lui laissa volontiers le pouvoir. Elle s'en empara avec férocité, agissant en ses lieu et place, se faisant appeler pompeusement « femme de rabbin » par la communauté. Elle rassemblait autour d'elle, dans les après-midi torrides, les femmes de la ruelle. Elle prodiguait des conseils, écoutait le murmure de l'une, stérile, qui priait pour un enfant, et de l'autre qui s'insurgeait contre sa fécondité et dont le ventre, année après année, s'alourdissait.

Elle réprimandait, pardonnait, compatissait, dénonçait. Et dans la ruelle, on l'adorait.

Mais lui ne comptait pas. L'aurait-il souhaité qu'il ne serait pas parvenu à plaire. Il avait la langue « lourde ». Il bredouillait, mauvais diplomate car mauvais politique. Dans sa rage, elle lui fit douze enfants qui connurent pour dix d'entre eux des morts prématurées, dues à la maladie, au manque d'hygiène, à des erreurs de diagnostic. Seuls Aliza et mon père survécurent. Aliza fut mariée à la hâte à Nessim, un pâtissier ambulant qui sillonnait le quartier en poussant devant lui une charrette décorée sur ses flancs de dessins appétissants. Mon père, lui, devint l'idole de Rachel. Il était le porteur du nom. Elle le couva, le berça, le protégea de tout. Jusque de ma mère.

Gabès-Paris. Un aller simple sans aucun espoir de retour. Arrachée de son empire pour le deux-pièces cuisine de la rue du Chemin-Vert, Safta s'enferma dans son mutisme. Elle ne parlait plus, elle aboyait ou geignait. Danny, Joseph et moi la traitions avec prudence. Contre son corps qui sentait un peu le rance, le benjoin, l'huile d'olive, contre son corps qui sentait le henné, les épices, nous nous assoupissions à l'écouter dans sa langue. De plus en plus nous perdions l'habitude de lui répondre en arabe. Et il lui arrivait de rire en nous entendant massacrer un mot ou l'accommoder au français pour qu'elle en saisisse le sens. Ma mère lui restait soumise. Ce fut Rachel qui nous éleva, Rachel qui nous écrasa sous le joug de la religion, Rachel encore qui persuadait mon père de décrocher la ceinture de cuir pour nous corriger. Mais elle, elle ne nous touchait pas, trop fine mouche. Assise sur une chaise, les jambes légèrement écartées comme si elle accouchait de nos cris, Safta exultait. Elle conseillait : « Plus tu auras la main dure, mon fils, plus tu seras récompensé par la droiture de tes enfants. »

Elle représentait la tradition. La tradition bouchée comme une impasse. Au bout, s'élève le mur de Dieu. « Maudits, disait-elle, ceux qui fument le chabath, maudits, ceux qui oublient kippour. » Elle ne précisait pas les tourments auxquels elle vouait les traîtres. Dans son esprit, l'enfer ne semblait pas avoir de représentation.

Mon histoire se résume à une médiocre saga familiale. Quelle que soit la page que je feuillette, Rachel est toujours là, dominant le présent. Et quand quelqu'un déclare : « Tu es son portrait », je me mets à trembler.

Tandis qu'elle évoluait en se cognant contre les meubles, prisonnière de la maison, Saba, tôt le matin, fuyait vers la synagogue Julien-la-Croix à Belleville. Il y avait retrouvé des compagnons qui, de Chaarit à Maariv [1], se relayaient dans la lecture continue des Psaumes. On lui avait appris à se diriger dans le métro. La ligne heureusement était directe. Au début, il compta les stations. Ensuite, il se repéra à certains détails : la couleur des bancs, une fêlure dans le carrelage qui tapissait les voûtes, un mendiant toujours accroupi près de la poubelle. Il se méfiait des affiches publicitaires qui changeaient trop souvent à son gré. Il nous disait : « C'est un pays d'images et d'idoles. »

Pourtant, avant de le laisser s'aventurer à sa guise dans Paris, mon père avait pris soin de le déguiser. Le kabouch rouge orné d'un gland noir avait été relégué sur l'armoire où il trônait désemparé comme un bateau ivre avec, pour toute mer, l'enduit criard du mur. Le sarouel gris gansé de noir avait disparu au fond d'un couffin de linge. On habilla le petit homme d'un complet veston marine qu'il ne sut jamais boutonner parfaitement et on le coiffa d'un feutre gris perle. Le cou, grêle comme celui d'un poulet, fut étranglé par le col d'une chemise qui partait blanche le matin et qui chaque soir

---

1. Chaarit : office du matin. Maariv : office du soir.

revenait immanquablement tachée de poudre à priser, de graisse ou d'alcool. Car Saba buvait. Du rouge Bokobsa ou de la bière Valstar. De l'anisette ou de l'arak. Safta ne lui accordait le matin que ses deux tickets de métro et une gamelle pleine d'un ragoût épais. Il revenait ivre cependant. On ignora longtemps qui lui procurait ces petits verres qui lui permettaient une évasion bien solitaire, bien fugitive. On prévint ses compagnons. On les supplia de lui défendre de boire. Saba continuait de se soûler. Puis vint le temps où mon père se résigna, la mort dans l'âme, à lui acheter ses bouteilles de bière pour s'épargner ses pleurs. Un rabbin ivre. Il me plaisait. Quand j'entendais le trébuchement de sa canne sur le pavé de la cour, je me précipitais pour le soutenir. En me voyant, il émettait un drôle de petit rire, fêlé, un rire timide pour m'encourager à approcher. Et il me chuchotait, le regard noyé : « Prends, va m'acheter une bière, sois gentille. » Il guettait mon retour, assis sur la première marche de l'escalier. Puis d'une main, il s'emparait de la bouteille, il étendait l'autre sur ma tête, pour me bénir.

Cet argent, il le devait à des religieux qui, passant à la hâte dans la synagogue pour régler la dette d'un vœu, récompensaient aussi les vieillards d'habiter le temple par leurs chants et leurs lectures. Ils acceptaient l'offrande. Il ne leur semblait pas mendier. Ils accomplissaient avec simplicité un service qui dans leur pays, avait été fidèlement rempli par leurs pères et leurs grands-pères. Et à l'occasion, lors des mariages ou des bar-mitsva, ils se régalaient joyeusement des gâteaux apportés par les femmes. Mais ils devaient surtout à la commémoration des décès des avantages réguliers et fructueux.

Je retourne à pas lents et las vers la maison d'Aliza dans la lumière faible du crépuscule. Des jeunes gens en tee-shirt noir, la main refermée sur un paquet de cigarettes, rient à gorge déployée, à califourchon sur les murets de pierres. Ils mettent deux doigts dans leur bouche et sifflent sur mon passage. Les familles ont sorti leurs chaises sur les trottoirs et bavardent de choses insignifiantes dans le chant des cigales. Je ne souhaite pas la mort de Safta car je n'ai plus pour elle ni haine ni amour. Entre nous les jeux ont été clos depuis longtemps déjà, depuis l'année où Saba terrassé par une perforation intestinale avait souhaité quitter Paris pour finir ses jours en Terre Promise. Dès lors, Rachel avait vécu dans notre attente, devant nos photos. Elle est de ces femmes qui ne se sentent pas vieillir mais qui, comme les vaisseaux qui sombrent, entraînent les autres avec eux, dans la mort.

De fenêtre en fenêtre jaillit la voix d'un journaliste qui annonce les représailles de Tsahal à Beyrouth. Michaël, qui enfile à cet instant ses vêtements de noce et sa future femme qui s'apprête, entourée par la ronde de sa mère et de ses sœurs, ont-ils éteint le poste de radio?

4.

Les pieds frappent en cadence la mosaïque rouge et noire des dalles. Les hanches tournoient sur un rythme d'abord lent, d'une sensualité étudiée, ondulent plus vite, imprimant la turbulence aux épaules et aux jambes. La piste est assez vaste pour inciter les paresseux à rejoindre ceux qui depuis deux heures s'épuisent à danser sous les spots. Odeur de sueur musquée alourdie par les parfums des femmes. Eau de Cologne qui plane sur les effluves des bouquets de roses et de jasmin recroquevillés dans leurs vases minuscules. Des gosses, pieds nus, galopent entre les danseurs, s'agrippent aux robes de soie de leurs mères, trébuchent et tombent avec des mines boudeuses. Le mariage de Michaël ressemble à une fête foraine, où désordre signifie bonne humeur. Au fond de la salle, les vieux se sont regroupés autour d'une table chargée de briks et de salades, et se soûlent à petits verres d'arak, avalés d'un seul trait. Les femmes, décolletés larges et profonds sur les épaules grasses, prennent des poses alanguies en arborant des kilos d'or. Elles ont fourbi pour la circonstance leurs plus beaux bijoux et elles s'étudient, les yeux mi-clos, comparant leurs fortunes et la générosité de leurs maris.

« Tu es heureuse ? interroge Michaël resplendissant dans sa chemise à col ouvert et son pantalon de toile.

– C'est plutôt à toi, jeune marié, qu'il faut le demander, plaisanté-je. Ta femme est très belle, félicitations ! »

Il rit. « Nous nous sommes rencontrés il y a six mois à l'armée. Tu vois, nous nous sommes décidés très vite. C'est un pays où l'urgence est une qualité nécessaire. »

Il rit encore et m'énumère les dettes contractées de tous côtés pour acheter un appartement, le meubler, sans renoncer à cette soirée où plus de trois cents invitations ont été lancées.

« Avec la dévaluation, il nous a semblé plus judicieux de prévoir l'avenir. Jamais je n'aurais cru possible d'obtenir un crédit aussi important à la banque quand la guerre mine le pays. Mais on nous a même proposé de nous avancer l'argent pour l'achat d'une voiture... Je vais être un nanti immensément pauvre ! »

Deux hommes sont arrivés pour m'arracher Michaël et l'ont contraint à s'asseoir sur une chaise pour le hisser vers le plafond dans une farandole déchaînée. Par deux fois, il a risqué d'être renversé, déséquilibré par les sautillements de ses porteurs, et par deux fois, un géant brun et barbu a rétabli de justesse la chaise en la ramenant à l'horizontale.

Les « Mazel Tov [1] » et les youyous fusent de toutes parts. Une femme plantureuse, habillée d'un fourreau en lamé argenté, la naissance des seins dissimulée par un minuscule mouchoir de dentelle, roule des hanches énormes. Son visage, alourdi par des bajoues plâtrées d'un fard épais, a l'air d'un masque de carnaval sous les sourcils dessinés très haut. A ses côtés, se tient, attentif, amoureux, un petit homme sanglé dans un costume trop étroit. Quand la sueur perle par gouttes sur le front de sa compagne, il étend sa main baguée d'une chevalière d'or, tire le mouchoir, tamponne très délicatement la chair bouffie et replace de son index le chiffon entre les deux seins qui s'agitent.

Michaël, que ses amis forcent à danser sans répit, me souffle à l'oreille en me désignant le couple :

« Mon oncle a cinquante ans, et il est encore éperdu d'amour. Plus elle engraisse, plus il maigrit. Elle est redoutable... une mante religieuse. »

---

1. Mazel Tov : souhaits de bonheur.

Safta, qui, à quelques centaines de mètres de la salle, se meurt avec application, avait croqué en soixante ans son rabbin de mari, distillant savamment son poison. Le sifflement rauque de sa respiration domine les vocalises du chanteur, l'harmonie de la musique. Dans toutes les bouches ouvertes sur des rires noirs, je retrouve, démultipliés, les yeux caves, meurtris de cernes, révulsés vers le plafond. Je me tortille. Je tourne. Je me cambre. Mais la vie flirte avec la mort. Comme une râpe qui use un billot de bois, elle racle, copeau après copeau, un peu de matière. Les uns se marient, les autres trépassent, les copains de Michaël sont en faction à la frontière, en alerte, prompts à vider les chargeurs de leur arme. Ce pays est si exigu qu'on entend, au sud, les patrouilles du Nord aller et venir dans la nuit noire, charger les canons jusqu'à la gueule, flatter de la paume la crosse des fusils. Et dans cette salle, bras dessus bras dessous, hommes et femmes chantent à tue-tête dans l'or et l'alcool.

« Tu as perdu le rythme, crie Michaël qui trépigne et trouve que je ne m'agite pas assez.

– C'est un défi ! » dis-je moqueuse, les jambes flageolantes. Mais à nouveau une horde nous sépare avec des hurlements perçants.

La douleur est lancinante. Elle donne des ailes. Je danse sur son corps écartelé par la maladie, pour lui dédier les derniers feux de la

fête. Elle aurait apprécié les chants arabes qui
s'attardent sur les variations du violon, je danse
pour ces hommes contre lesquels dès l'enfance
elle m'a prévenue, je danse pour ces amants
que j'ai collectionnés, et ma mémoire ressemble
à ces armoires à balais trop bondées, il suffirait
vois-tu que j'ouvre la porte pour qu'ils se fra-
cassent sur le sol, les Élie, Philippe, Jacques et
Jacob, les Armand, Michel, Bernard, les Juifs et
les goys, les circoncis et les autres, non, tais-toi,
laisse-moi parler, pour une fois, ne plonge pas
ta tête entre tes mains pour maudire le sort. Ce
soir est sacré, Michaël a prêté serment sous la
houpa [1] et les Cheva Berahot [2] ont retenti, enton-
nées par sept rabbins différents, mais je connais
avec certitude le sort qui m'est réservé, je n'aurai
pas ce mariage que tu as idéalisé dans une
débauche de détails, tu disais, une robe pour le
soir de la Hana [3] taillée dans mon costume de
Gabès, la tête ceinte d'un diadème de pièces
d'or, et une pour ton mariage dans des voiles
blancs européens, et une aux lignes sobres pour
le « samedi de la mariée » quand tu auras
« connu » l'époux; non vois-tu, les Élie, Philippe,
Bernard ont choisi de m'enseigner l'art de la
jouissance et m'ont entraînée loin de tes pudeurs
et de tes réticences, ne te fâche pas, attends,

---

1. Houpa : dais.
2. Cheva Berahot : sept bénédictions nuptiales.
3. Hana : fiançailles.

j'ai longtemps hésité à caresser la chair de l'homme, quelques liaisons ont été courtes, une nuit à peine entre chien et loup, d'autres ont duré plus d'une étreinte et j'ignore encore pourquoi; certains m'ont soumise sur l'oreiller et lorsqu'ils m'ont abandonnée, j'ai glapi comme une chienne, j'ai supplié avec une absence de dignité, les autres n'ont été que des parenthèses brèves, des aventures, ils m'ont réchauffée un soir que j'avais froid, mais le lendemain la machine s'était grippée et je ne comprenais plus qui avait léché mon corps, qui j'avais embrassé avec fougue, sans un cri je les ai laissés partir; admire-moi, vois comme je sais arrondir les bras et tenir l'écharpe en avançant à petits coups de reins, vois comme je me coule dans cette musique en trémolos, ne juge pas, je ne suis pas une fille facile, j'ai désappris le sens de la promesse, tout est éphémère, illusoire, je suis dans une impasse; j'ai beau fouiller dans les images que tu as plantées dans ma mémoire, aucune ne correspond à mon présent, tu n'évoquais jamais le sexe, il me fascine, les corps sont mes délits, mes délicieux péchés; je ne t'apprends pas ça pour accroître ta peine, mais je ne veux pas mourir envieuse, mourir acculée par la monotonie et le désarroi, oui, ce soir j'ai mal de toute cette jeunesse qui vibre dans mes jambes, ça me mord, ça me suce, je me jetterais au feu si je pouvais, par le feu, rencontrer la lune et le soleil. Ne tords pas ta bouche, tu as vécu un siècle, nous, nos minutes sont comptées avec parcimonie, aussi nous tournoyons comme des lucioles, égarées dans la confusion de nos pensées. Tout à l'heure, tandis qu'Aliza te nourrissait à la petite cuillère, glissant du yaourt entre tes mâchoires contractées, je maquillais sans vergogne mes yeux et ourlais ma bouche d'un rouge sanglant; mais les autres jamais ne comprendront que je n'ai pas à feindre pour te regretter, pas même ma mère qui m'observe tristement et qui sursaute chaque fois que je lève un verre à ta santé et à la mémoire de ceux qui tomberont de part et d'autre de la frontière. La mariée était superbe, ce soir. S'il pouvait pleuvoir dans ce pays aride comme il pleure dans mon cœur, la terre se dilaterait, et ces hommes piégés par leurs légendes auraient peut-être moins envie de mordre, de frapper, de tuer. Au fait, pourquoi avais-tu placé sur le linceul de Saba, le jour de son enterrement, cet énorme couteau?

Nous sommes reparties à l'aube le lendemain. C'est alors que l'attente a commencé insensiblement. Allait-on la porter en terre avant mon départ ou aurais-je la chance insigne d'éviter l'épreuve de l'enterrement? Elle voulait reposer à Jérusalem sur le mont des Oliviers, aux côtés de Saba.

J'ai commencé mes promenades à Jérusalem, à petites doses très douces. Mon regard tourne vers quelques personnages qui marchent sans me voir comme si je n'existais pas. Au fond, peut-être que je n'existe pas. A Jérusalem, nul ne peut se vanter de laisser une trace.

Deux jours plus tard, le téléphone a sonné. Une voix profonde, familière a dit :

« Salut... Roger à l'appareil. »

5.

Du plus loin qu'il m'a vue, il a agité la main et ôté sa pipe de la bouche pour sourire. Pressée contre sa poitrine, la joue appuyée sur sa joue, je ris, émue par cette tendresse qui est restée intacte malgré l'absence. L'accolade a le goût de ses désirs jamais assouvis, qui épicent l'amitié d'un sentiment trouble. Les vingt années qui nous séparent avaient suffi jadis pour tempérer l'attirance, et quand certains regards devenaient trop clairs, nous recourions à l'ironie ou à la boutade. Le temps avait fini par modeler cette amitié qui savait être discrète.

Il me repousse, me considère un peu étonné :

« Tu es belle. Encore plus belle que lorsque tu es partie. Et tous ces cheveux! Quelle masse noire! »

Mais moqueur, il poursuit :

« Il y a de l'homme là-dessous n'est-ce pas?

– Tu franchis toutes les étapes en trombe, Roger... »

Il s'esclaffe : « Et toi, tu es toujours sur la défensive ? Tu as raison, garde tes secrets... »

Le pantalon kaki aux poches profondes et larges ne l'avantage guère. Il semble plus trapu dans l'uniforme militaire, mais aussi plus vulnérable.

« Toi, tu n'as pas changé », dis-je d'une voix un peu rauque car je mentais. Le crâne s'est dégarni, les paupières se sont fripées, et deux rides pincent les tempes. Le visage exprime une lassitude résignée et la flamme des yeux miel piquetés de taches semble plus courte, presque éteinte.

Gêné par l'examen, il se raidit, une moue sur les lèvres, plonge une main dans son sac pour retrouver le paquet de tabac. L'autre se crispe, sur sa cuisse.

« Ne me regarde pas trop, souffle-t-il. J'ai l'impression que tu atteins un autre homme. Je me méfie aussi de tes lectures. »

Il pose sa main sur ma nuque et en m'entraînant :

« Je n'ai que quelques heures avant de repartir au Liban... Je souhaiterais qu'elles soient agréables, d'autant que j'ai bien peur qu'on ne puisse se revoir avant que tu repartes. Les permissions sont devenues difficiles à décrocher !

– Mais comment as-tu été prévenu de mon arrivée? Je n'ai rendu visite à personne!

– Non, mais on t'a vue dans les rues! Radio-trottoir fonctionne encore parfaitement. »

On traverse lentement la rue Yaffo pour obliquer sur la droite dans une ruelle silencieuse et ombragée. Deux magasins, la devanture opaque de poussière, les volets rongés, portes et fenêtres vétustes, s'y font face. Une cordonnerie artisanale et un marchand de fripes. Un marteau chante en cadence. Roger constate, amer :

« Cette année, des promoteurs ont offert une fortune à Salomon et à Yacoub pour leurs échoppes. Ils voulaient construire ici un super-marché géant. Les deux vieux ont répondu par un non tranquille. Ils sauveront cette rue encore cinq ans, dix ans, et puis leurs héritiers lâcheront le morceau. Jérusalem change. Elle s'arrache de sa chrysalide provinciale pour devenir une New York moderne. Mais tu as dû remarquer les tours des hôtels de luxe? »

J'ai dit doucement : « Ce n'est pas ce qui m'inquiète le plus », mais il a fait comme s'il n'avait pas entendu.

En flânant, nous longeons un parc à l'herbe jaunissante dont les maigres arbustes, clairsemés sur les buttes, ploient vers la terre, épuisés de chaleur.

Six ans plus tôt, Roger était entré dans la parfumerie où je travaillais quelques heures par semaine pour payer mes études universitaires. Il avait forcé mon amitié avec sa brusquerie coutumière. D'emblée, il avait déclaré à la patronne : « Si elle accepte, je vous la vole pour lui offrir un croissant. » La formule m'avait fait rire, et la femme, habituée au culot des hommes de Jérusalem, nous avait octroyé un quart d'heure de détente. Elle avait même semblé satisfaite de mon succès. Roger, qui avait pris l'habitude de pousser à l'improviste la porte du magasin, comblait la patronne d'un bouquet ou d'un compliment, et tandis qu'elle gloussait, nous nous rendions dans un salon de thé de la rue Navon. Mais il ne m'invitait jamais le soir. Et le désir était resté muet.

« Raconte! Que deviens-tu?

– Pas grand-chose. Je sombre un peu dans la vie familiale. L'atmosphère de la maison m'écrase... »

Il sentit que je n'avais pas envie d'en dire plus et nous avons continué à marcher, serrés l'un contre l'autre, sa main massant ma nuque. Le silence qui se prolongeait n'était pas de ceux qu'on pouvait meubler par des images banales. C'était un de ces silences exacts, intimes, dont plus tard on découvre qu'ils ont retenu beaucoup de cris.

L'armée l'avait rendu sauvage. Il traînait avec lui une amertume féroce contre Israël. Roger avait été l'un des premiers à deviner la crise, et il m'avait tenu sur le sionisme et la condition des Arabes en territoires occupés des discours qui n'étaient pas au goût du jour. C'était, je m'en souviens, à l'époque où pour la première fois, Tsahal traversait la frontière du Liban. Les soldats étaient repartis au bout de quelques jours, mais Roger avait dit rêveusement : « Nous le paierons très cher. Et dans pas longtemps ! » Il avait fallu tout de même cinq ans pour qu'Israël masse ses troupes dans Beyrouth et entre dans une guerre qui n'en finissait pas de l'user.

« Tiens, regarde, c'est ici. J'aime bien ce café. Ces grandes verrières sont agréables la nuit pour observer les gens qui se promènent dans la rue. Je te recommande leur spécialité, un melon glacé fourré à la gelée de framboises ! »

Nous nous installons à une table au soleil mais protégée par un parasol. Le garçon vient prendre la commande. Nous bavardons d'amour et de ruptures. La femme que je lui avais connue est partie, dans un accès de colère, vivre auprès d'un amant de dix ans plus jeune qu'elle. Roger l'a remplacée par une maîtresse fade mais aimante.

« Avec elle au moins, je ne suis pas jaloux. J'essaye de lui laisser un peu de liberté. Tu te rappelles quand j'ai fracassé la vitre de mon poing pour éviter de cogner Éliane ? Tu te souviens comme je la faisais surveiller par les copains ? Quels enfantillages ! »

Il parle en riant des manies de la nouvelle. Mais il semble décrire une étrangère dont on se méfie encore. Et sa cuillère torture la chair pâle du melon où la gelée trace des lignes sanguines.

« Tu aimes? Ça a la douceur du miel, non? Après les ratas de l'armée, j'ai l'impression de me vautrer dans le luxe le plus scandaleux! »

Je n'ose pas l'interroger. Pas encore. J'attends qu'il aborde de lui-même la guerre.

« Tu écris encore? » demandé-je stupidement.

Il me jette un regard aigu. Ses mâchoires se contractent.

« Écrire? » grogne-t-il.

Il secoue sa pipe contre le cendrier, et son coude fauche maladroitement une salière qui s'écrase sur le sol. Le garçon se précipite, ramasse les débris, tandis que Roger, pourpre, s'excuse. Une table de jeunes l'a applaudi d'un Mazel Tov. Je me détourne, fixe avec insistance un arbre.

Roger parlait toujours d'un livre. Il en développait le thème avec aisance, vous présentait un à un les personnages et les situations, vous confiait même le titre, mais les années passaient, il ne se décidait pas. Sans doute l'avait-il trop raconté aux uns et aux autres et n'avait-il plus la force de l'affronter à bras-le-corps. Il se contentait d'en suivre l'histoire les yeux mi-clos, en allumant sa pipe, et vivait de cet espoir. Son regard, quand il se laissait surprendre, exprimait une détresse profonde, celle d'un homme qui n'ignore pas qu'il a passé sa vie à jouer à saute-mouton avec le temps et qui ne se nourrit plus d'illusions.

« Tu disais... écrire ? reprend-il soudain.

– Écoute, je suis désolée... »

Il charge sa pipe avec un soin précis. Son regard va de ses mains qui bourrent le tabac à moi silencieuse. Il ricane enfin :

« Entre le travail, l'armée, ma nana, je n'ai pas de place pour caser une ligne... Et aucun mot n'est assez fort pour témoigner des instants que je vis... »

Et brutalement, il plonge. Il parle d'abord des eucalyptus dont on arrache les branches pour camoufler les tanks. Puis de l'attente sous la chaleur qui épaissit et du froid de la nuit sous un ciel étoilé. Des soldats qui vident leur chargeur au moindre frôlement suspect, abattant quelquefois un renard ou un lapin avec la rage qu'on met à tuer des hommes. Des patrouilles dans des jeeps qui démarrent sèchement et foncent dans des rues désertes, silencieuses, jusqu'au barrage qui... Du soldat qui pleure et berce dans ses bras sa jambe arrachée par une roquette. Du soldat qui rit, atteint de démence. Des chuchotements sous les tentes où des photos circulent. De l'odeur puante des latrines où l'on va vomir ses tripes comme au confessionnal.

Je ne peux détacher mon regard de ses mains. Il y a tant d'incohérence à déjeuner calmement d'un melon glacé sur cette terrasse, sous ce parasol, entre les allées et venues discrètes du serveur, alors que dans deux heures il aura rejoint son unité. Ici, les gens vivent de petits provisoires. Leurs vies se construisent sur des compromis ou des hypothèses. Si la guerre s'arrêtait, si le Messie venait, si tous les Juifs de la Diaspora nous rejoignaient, si l'inflation était jugulée...

« A quoi penses-tu ?

– Tu pourrais quitter Jérusalem, t'installer paisiblement dans une ville d'Europe...

– Après trente ans de cette ville ? Recommencer ? Faire quoi ? Il y a du Maroc dans Jérusalem, ne l'oublie pas... Et quand j'étais gosse, j'ai grandi au Maroc avec Jérusalem.

– Je comprends, dis-je en bafouillant. Mais limite les dégâts. Tu n'es pas d'accord avec cette guerre... »

Il me coupe, impatient :

« Et alors ? Fuir n'a jamais rien résolu. C'est d'ici que je dois me battre si je veux changer les choses. C'est trop tard pour moi, et c'est trop commode de conseiller la fuite... »

Il hésite, me lance un regard à la dérobée.

« Je crois que nous sommes d'une génération malheureuse à qui le doute n'est pas permis. A qui rien n'est dû. Une espèce mutante, une génération sacrifiée. On nous a jetés sur le tapis, pour rien. J'ai déjà trois guerres derrière moi. Trois! Un chiffre qui donne à réfléchir, non? »

Un silence encore. Nous avons eu tort de nous installer au soleil sous ce parasol qui nous protège médiocrement. Maintenant la sueur ruisselle sur son crâne. Il s'éponge le front d'un revers de main nerveux.

« J'ai eu de la chance. J'ai échappé à trois morts certaines. J'en ai bavé, crois-moi. J'en bave toujours... La nuit. Quand mes morts se lèvent. On finit par se fiancer, tu sais, avec l'horreur. Une alliance qui enracine dans l'espace. Lorsque je vais en vacances à Paris, parmi ces hommes aux yeux trop mornes, je me sens un mutant... Les lieux se referment sur moi... Ici, à Jérusalem, dans le pas de chaque être, j'ai des complicités. Ils vivent le même tourment que celui qui me creuse... »

Les yeux miel sont secs. Puis d'une voix qui manque de naturel :

« Tu veux boire encore quelque chose? Une citronnade?

– Non!... Je suis heureuse de te voir... Je ne sais comment te le dire.

– Eh bien, ne dis rien! Tu prends les manières des Juifs de Diaspora? Arrête donc de te culpabiliser. Israël avec vous ou sans vous continue à être une abstraction. Personne ne comprend pourquoi on se bat, pas même nous... Voilà la

contradiction. Et ne t'en veux pas de me voir
accoutré d'un habit militaire... C'est la fatalité.
Mektoub [1] ?

– OK! Mektoub! Si tu veux! Trop facile!

– Et si je te disais, contente-toi d'être belle,
avec ton esprit parisien, tu te vexerais... »

Je souris en haussant les épaules. Il consulte
sa montre.

« Time to go », dit-il d'une voix qui se veut
gaie. Avec la serviette en papier souillée, il
s'essuie à nouveau le front et se plaint du soleil.
Je ne veux plus le laisser partir. Il a mis une
musique dans ma tête et malgré son rythme
désespéré, je ne désire pas la voir s'interrompre.
Mais il n'a déjà plus le temps!

Nous avons pris un chemin différent pour
revenir. Il m'a fait traverser le quartier par des
ruelles où les maisons serrent contre elles des
massifs de jasmins et de lauriers. Leurs frontons
sont garnis d'une mosaïque déteinte aux dessins
compliqués. Une rose trémière frémit, lancée
plein sud comme un avion qui cherche à
décoller. Un jet d'eau sur un tourniquet asperge
le feuillage d'une pluie de gouttelettes douces.
Et j'ai ressenti le parfum secret de Jérusalem,
celui qui se faufile dans les fins d'après-midi et
vous donne le sentiment que quelque chose de
très solennel effleure les pierres. Un vieux

---

1. Mektoub : destin, en arabe.

Marocain, assis en tailleur sous l'ombre d'une voûte, joue du kanoun [1] avec des mains peintes au henné.

Roger s'arrête un moment à une fontaine pour se baigner les mains et le visage. Il se mouche avec les doigts, sans façon, et les rince ensuite sous l'eau claire. Quand il se relève, il dit qu'il a besoin de savon et de dentifrice car ceux de l'armée sont « infects ».

L'air climatisé du Mashbir [2] a claqué sur nos corps comme une gifle, figeant la transpiration. Dans le rayon à pains du supermarché, devant les pains ronds, les pains noirs, les pains de seigle, je l'ai laissé m'embrasser doucement. Il a pris mes lèvres entre les siennes avec lenteur. Sa langue s'est soudée à la mienne. Et nous nous sommes enlacés entre les chariots de victuailles, dans la bousculade des ménagères qui nous observent outrées.

Il m'a repoussée gentiment, calmement.

« Allez petite fille. Aide-moi à partir. La patrie m'attend. »

Il a sauté dans un autobus à Yaffo Street pour rejoindre le camion militaire garé devant le Hilton. Il bloque de ses épaules la manœuvre des portes caoutchoutées et, le buste en avant, il crie, enroué :

---

1. Cithare, en arabe.
2. Nom d'une chaîne de supermarchés.

« Ne t'inquiète pas ! je t'appelle de là-bas ! »

Le cul du bus a disparu. D'autres lui succèdent, ahanant, crissant, soufflant. Des gens qui montent me bousculent, agacés par mon immobilité. Dans chacun d'eux Roger grimpe, bloque les portes, penche son torse.

Je m'écroule doucement sur le sol devant le banc de la station, déchirée par cette absence nouvelle. Bientôt l'asphalte autour de mes sandales est jonché de mégots. Des jambes à hauteur de mes yeux. Bronzées, poilues, musclées, celles des hommes en short. Drapées de jupes fleuries, d'une inégale hauteur, celles des femmes. Sandales, savates croisent espadrilles, babouches, escarpins, godillots militaires. Ça croque l'espace, ça vient de quelque part, ça se dirige vers un but. Ça court, ça traîne, ça rampe, ça s'arrête pour écraser une cigarette avec une torsion des chevilles.

6.

Dans le moulin à café de Safta, la vie se broie grain à grain. Chaque tour de manivelle devient de plus en plus pénible. Les yeux exorbités, elle pèse sur le manche de bois, et progresse par millimètres. Chaque rotation nécessite une énergie accrue. Sa vie est désormais dans sa mort. Comme de l'huile qui finit par se combiner à de l'eau. Le bruit du moulin me vrille les tympans, il me poursuit dans chaque geste, dans mon bain, dans le goût des fruits et les bulletins d'information. Des taches de soleil virevoltent sur le portrait de Saba. Elles éraflent le regard ou les lèvres très minces allongées sur un sourire timide. La lumière qui se déplace sur le portrait, souligne l'expression méditative des yeux ou lui retire, par un faux reflet, la force de sa présence.

Les stores baissés créent des pénombres fraîches. Dans les pièces défaites, quittées par mon père et ma mère tôt le matin, les pensées naissent avec difficulté pour heurter aussitôt la mort. Cette mort qui trottine obstinément entre Beershéba et Jérusalem, nuit et jour, d'un pas égal, indifférente au paysage, dans le froid et le chaud. La porte toquera, le messager pénétrera dans le salon et annoncera, comme une simple formalité, le verdict.

Pour tromper l'incertitude, je fouille dans l'armoire de ma mère, ouvrant les flacons de parfums, jusqu'aux boîtes de Nivéa, pour en humer l'odeur. Entre une pile de draps et de combinaisons en nylon, gît une boîte de lait Guigoz rouillée qui contient quelques boules d'ambre de qualité médiocre et un collier en argent. Mais surtout, au fond de cette armoire, séparée en deux, un côté pour mon père et un côté pour ma mère, se blottit un vieux coffret empli de photos jaunies. Quelques-unes ont été déchirées pour détruire à jamais la silhouette d'un être aimé devenu indésirable, d'autres sont si craquelées et les portraits si minuscules, qu'elles sont devenues indéchiffrables. Enfin, il y avait celles qui racontent. Je suis là à quatre ans, les mains plongées dans une bassine sous le soleil âpre de la Tunisie. Une autre à neuf ans, mais dans un soleil plus fluide, parisien, dressée devant mes frères qui jouaient aux osselets. Les dernières, toutes récentes, ont été prises à Jérusalem, et j'ai la bouche chagrine et un regard qui ne porte pas plus loin que la muraille qui me fait face. C'est comme un jeu de cartes qu'il faut déployer sur les dalles pour en pénétrer le mystère. Au milieu, on placerait la grand-mère, grasse, impérieuse, à contre-jour, à contre-corps de la famille. Sous elle, viendrait mon père, grimaçant un sourire, terrorisé par la vie comme par une camisole. Et à contre-courant, pour les éloigner d'eux, ma mère, Danny, Joseph.

Les cartes forment des châteaux périssables. Détruire et reconstruire dans le grincement de plus en plus ralenti et inaudible du moulin à café.

Maud, la voisine, me distrait de l'attente. Le bébé à califourchon sur ses reins et Anaïs titubante, accrochée à sa jambe, elle apporte, pour de brefs moments, une odeur de femme comblée. Dans le vagissement des enfants, elle vient gauler mes souvenirs ou évoquer les siens.

« Tu ne veux pas venir à la piscine du King, avec nous ? demande-t-elle en croquant une poire verte.

– Je n'ai le courage de rien... Non, merci. »

Elle se renverse sur le fauteuil, étire ses jambes, bâille. « Tu es folle... »

J'aime son visage ovale où les yeux bleus bridés ont des lumières qui vous bouleversent. Devant elle, je parle faux. Mes gestes gauches me donnent un air de crabe.

Maud va d'un emportement à un autre. Elle

a de la fougue pour manger, embrasser son fils, gronder Anaïs et s'en faire pardonner en lui mordillant les fesses.

« Un couple d'amis nous rend visite demain soir... Je t'invite à dîner, qu'en penses-tu?

– Non, Maud. Tout m'oppresse. Je serais une bien piètre compagne. »

Elle se lève, époussette sa robe.

« Je n'insiste pas. Passe quand tu veux. Un conseil, bronze un peu sur la terrasse. Tu auras le teint moins blême. »

Je ris, cueille le bébé qui lèche les poils du tapis.

« Voyou! »

Maud m'observe chatouiller le ventre et le cou soyeux de l'enfant.

« Toi, dit-elle pensive, tu devrais faire un enfant, ça te calmerait. »

Sur le pas de la porte, elle recommande encore : « Tu es en vacances. N'oublie pas de t'amuser! »

Danny et Joseph ne sont pas encore rentrés de la base. Ils m'ont téléphoné une fois, mais la ligne était brouillée et on s'entendait mal. Ils ont dit qu'ils essayeraient de venir pour le chabath, et j'ai aidé ma mère à la cuisine pour les boulettes et le couscous. Nous avons tressé le pain en le cloutant de sésame, grillé les amandes et les cacahuètes. Pour honorer leur venue, elle a tenu absolument à préparer leurs gâteaux préférés et une multitude de salades pour l'apéritif. Vendredi, à quatre heures de l'après-midi, elle espérait encore.

« Ils vont les laisser sortir! Je n'ai pas vu mes fils depuis trois semaines », répète-t-elle d'une voix enfantine.

Le nœud lâche du foulard cache mal des touffes de cheveux ternes.

Elle a disposé la table très lentement, méticuleusement, et pour la circonstance, elle a sorti les couverts en argent et les assiettes de faïence blanche, sertie d'une ligne bleue.

« Astique-moi les bougeoirs, ma fille. Je vais faire du café. »

A cinq heures, elle a allumé les bougies, branché la plaque électrique qui garde chauds les plats jusqu'au samedi soir. Elle tourne dans la maison, les mains vides, cherchant encore une occupation, refusant presque l'entrée du chabath pour s'offrir une chance de voir mes frères.

« Tu es sûre, dit-elle, l'allumage est prévu à cinq heures dix? » La sirène qui mugit dans tout Jérusalem pour prévenir ses habitants de l'entrée du Chabath [1] m'évite de répondre. Elle ferme les yeux, boitille vers le fauteuil pour se reposer enfin de l'agitation de la journée.

A sept heures, désorienté, mon père lit la

---

1. Chabath : samedi en hébreu. Jour du repos obligatoire pour les Juifs.

prière du Kidouch [1]. Il entrebâille la porte de
la maison sous le prétexte de la chaleur tandis
qu'on avale l'apéritif, mais je sens bien qu'il
guette lui aussi le pas improbable de ses fils.

Ils avaient dit au téléphone :

« J'espère que tu es la plus belle des nanas. Ici,
c'est la disette. Des hommes, des hommes, rien
que des hommes. Nous t'emmènerons danser ! »

Ma mère apporte le plat de couscous, mais
elle se sert à peine. Mon père, tête baissée,
mange vite, et quelquefois, un filet de bouillon
lui inonde le menton. Suffoqué par des soupirs,
il s'arrête, ouvre sa ceinture, déboutonne le col
de sa chemise.

« Ouvre la fenêtre s'il te plaît. Il n'y a pas un
souffle d'air. »

Nous avons achevé le repas en silence.

Ma mère est allée s'endormir dans un fauteuil
mais le moindre froissement qui parvient de la
ruelle, le miaulement d'un chat ou le pleur du
bébé de Maud, la font sursauter. Elle attend
encore. Attendra jusqu'à la fin de cette guerre
quand elle n'aura plus rien à craindre.

Mon père a pris un livre de prières et il a
récité hâtivement les mots qu'il avait naguère
plaisir à chanter.

« Allez lis-nous des cantiques », ai-je conseillé

---

1. Kidouch : sanctification du vin, prononcée le vendredi soir et le
samedi midi.

pour émerger du silence, briser ce nœud de tristesse.

Il a feint de n'avoir pas entendu. Devant mon insistance, il bougonne :

« Pas le cœur, ce soir! Un autre chabath! »

Et ses yeux m'évitent, ses yeux se fixent sur les épluchures des fruits, que sa fourchette hache.

Alors j'ai pris mon paquet de cigarettes en prenant soin de le cacher dans ma poche et je suis sortie dans la nuit.

J'ai laissé la porte entrouverte au cas où mes frères auraient réussi, malgré les consignes du Chabath, à sauter dans une jeep et à atteindre Jérusalem. Mais au fond, nous savions bien tous les trois que c'était fichu.

Je flâne les yeux au ciel, en tirant sur ma cigarette. Il est très noir avec exactement trois étoiles brillantes et dures qui scintillent. Les fenêtres sont illuminées. On entend des éclats de voix joyeuses et des tintements de vaisselle. Les familles dînent posément avec la certitude que ce soir-là, au moins, leur appartient. Jusqu'au samedi soir, le temps se suspendra. Ils iront peut-être à la synagogue ou ils n'iront pas. Mais toute la ville avec ses commerces fermés, ses cafés clos, ses rues désertes où seules de rares voitures circulent, leur fera apprécier la qualité du sacré. Un samedi interminable qui s'étirera avec langueur jusqu'aux trois étoiles traditionnelles, et qu'il faudra supporter en croquant des kilos de graines de tournesol ou en chipotant les plats huileux qui mijotent sur les plaques électriques.

J'ai marché longtemps, tournant en rond, avec la fièvre jalouse de ceux qui n'ont pas de chandelle chez eux mais contemplent chez les autres des lumières réconfortantes. Le vent tord les branches des oliviers et éparpille mes cheveux autour de ma tête comme des palmes longues.

A la lueur d'un lampadaire, je tente de lire les titres d'une feuille de journal, froissée en boule qui roule dans le caniveau. On y parle encore du Liban. J'ai brûlé le papier à la flamme de mon briquet. Il s'est enflammé avec un grésillement sec, rapide, comme cette terre. Quand je le lâche, il forme sur l'asphalte une boule noire très légère que j'écrase. Mais qu'attendent-ils pour rappeler les troupes ? Pourquoi s'obstinent-ils sur cette terre étrangère ? En gravissant les marches de l'escalier, je surprends un couple qui s'embrasse. Il la tient serrée contre lui, les mains posées sur le bas de ses hanches. Elle secoue la tête, lui dérobe sa bouche avec un rire malicieux et les baisers tombent drus et sonores sur les cheveux et dans le cou. Ils sont très jeunes. Quinze ans peut-être ? Elle a la poitrine plate, les épaules osseuses. Il lui chuchote : « Je t'aime » en anglais, quand je ferme définitivement la porte sur l'absence de mes frères.

7.

Le lendemain, le ciel est d'un gris plombé qui vire au vieux rose. La brume altère les contours des collines. Leur gros dos de pachydermes repus a cette légèreté des troupeaux qui détalent d'un bond. Sous cette lumière plate, les géraniums plantés dans des vasques de terre cuite chantent, leurs têtes grêles dispersées contre la ligne de l'horizon. Ma mère drapée dans un peignoir oriental, un satin parme orné de feuilles d'or, semble détendue. Chaque pas anime le vêtement qui s'entrouvre sur les jambes, révélant un triangle de cuisses charnues et blanches, marbrées de bleu. Sur les seins, sur les hanches, les feuilles d'or deviennent mouvantes, et glissent au fil de la marche.

« C'est un tissu magnifique, Ma ! » dis-je en tâtant l'étoffe. Elle rayonne. Mais son premier geste est de rabattre soigneusement les pans l'un sur l'autre, sur le devant, pour dissimuler son corps.

« Je l'ai acheté dans la vieille ville. J'ai fouillé dans une montagne de coupons entassés les uns sur les autres. J'ai vraiment hésité à le prendre. Dans ma tête, le modèle était si précis que j'ai cédé à la tentation. En rentrant, je l'ai taillé immédiatement. »

Elle verse deux tasses de café, coupe des parts de gâteau avec des mouvements coquets pour dégager ses mains des manches amples et souples qui se moirent de lumière.

Avec un sourire tendre, elle ajoute :

« Je t'emmènerai chez Mansour. Pour moi, il " abat " quelquefois ses prix!

– Tu n'auras pas le temps!

– C'est mon affaire. Je te veux belle pour ton amoureux.

– Tu changes, Ma! » dis-je interloquée, car ma mère n'était pas femme à faire ce genre d'allusions. Le chapitre des hommes restait tabou, tourmenté, mais dans le silence.

« Oh, fait-elle lentement, en braquant son regard sur le mien, je me doute bien que tu ne vis pas seule à Paris. »

La prunelle marron est très pâle. Trop pâle malgré la lueur de tendresse. Il y a du désert dans les yeux de ma mère. Les yeux déparent son visage, mutilent ses sourires qui ressemblent à des fragments. J'hésite. Lui parlerai-je enfin de Bernard, du bonheur calme qu'il crée autour de nous? De la certitude de son amour qui le dispose à une confiance sans bornes? Lui parlerai-je de ma cruauté et de mon inconséquence? De mes fuites la nuit, à travers Paris, pour remettre de l'ordre dans mes pensées, le laissant seul avec ses disques qu'il écoute pour lutter contre le sommeil? Des cauchemars qui me hantent quand lui me croit apaisée? Ma mère sirote son café et m'observe par-dessus sa tasse.

« Il te rend heureuse? »

Le pas lourd de mon père sur le palier, le grincement de la porte d'entrée, interrompent mes confidences.

« Chabath chalom [1] », fait-il en toussant, vaguement contrarié par cette intimité qu'il devine. Il pose son feutre sur le coin du buffet, range une chaise, ouvre un tiroir pour le refermer aussitôt. Il vient de comprendre qu'il est de trop.

Comme prise en faute, ma mère rassemble à la hâte les tasses du petit déjeuner et réplique « Chabath chalom! » sur un ton qui se veut enjoué.

« C'est prêt? J'ai faim.

– On t'attendait », dit-elle. Et elle s'affaire dans la cuisine, prépare les salades, accompagnée par le froissement doux de son peignoir.

---

1. Joyeux Chabath!

Lui fredonne un verset des psaumes, blotti dans un fauteuil, les yeux dans le vague. En l'écoutant détacher nettement les syllabes, forcer sur certains mots, revenir sur un autre, je comprends qu'il creuse, à la manière des taupes, un tunnel pour me rejoindre. Maladroit dans la simplicité, il lui faut se référer à la mémoire, au passé, agiter la houlette des ancêtres, pour me parler. Sa chaussure tape le sol sur un rythme assourdi.

Elle pose sur la table la bouteille de vin, le verre en argent. Il se lève, marmonne le deuxième kidouch [1] du chabath, jetant des regards fréquents sur la photo de Saba. Il goûte le vin, tend la coupe à ma mère qui boit et me la passe.

Assis, il soulève deux pains tressés, les cogne l'un contre l'autre, brise le plus trapu, découpe des morceaux qu'il trempe dans le sel et les lance à la volée dans nos assiettes.

« Tu ne déjeunes pas avec nous ? s'étonne ma mère en me voyant choisir un livre dans la bibliothèque.

– Il est tôt. Je n'ai pas faim. »

Elle va et vient devant lui, silencieux. Elle le frôle, splendide dans son peignoir qui la moule, les seins libres et gonflés, la taille fine malgré le ventre et les fesses rebondis. Mais il ne la

---

1. Sanctification du vin.

regarde pas. Il ne la regarde jamais. Jamais il n'étend sa main vers elle pour la caresser. Il ne sait que donner des ordres : « Viens, prends, donne »; « Donne, apporte, fais. » Avec le temps, elle a pris la voix aigre des femmes déçues. La voix de la rancune. Il l'a épousée sur une photo présentée par la marieuse. Il nous a avoué un jour devant elle qui n'a pas cillé : « Elle semblait si sage, si posée. Je ne voulais pas d'une femme qui aurait gâché ma vie. » Et pour mieux la plier, il a serré l'étau de sa tristesse autour d'elle. Il aurait pu découvrir son corps, apprendre à la connaître, s'émouvoir sur ses reins, sur sa bouche. Elle n'avait pas assez d'érotisme pour lui. Et je suis née, moi, et Danny et Joseph le cadet. Ils ont eu trois enfants, ils en souhaitaient quatre. Quelquefois, très rarement, elle reste assise sans bouger, les ongles enfoncés dans ses paumes, et son visage tremble. Pour pleurer aussi, elle a de la pudeur.

En les regardant vivre, au jour le jour, sans amour, sans gaieté, j'ai eu besoin de partir. Il me fallait du large. « Viens, prends, donne. » Il remplissait les feuilles de Sécurité sociale, les certificats scolaires, il payait les impôts, il rapportait de l'argent à la maison tous les mois sans en prélever une partie pour des dépenses personnelles. Et il croyait que cela suffisait à souder une famille. « Vous ne manquez de rien. » Elle cuisine, lave le linge, coud des robes, elle s'inquiète de nos retards, supporte ses vantardises sur des sujets assimilés dans ses lectures de *Sélection.*

Je savais que je partirais. Depuis l'âge de onze ans, j'engrangeais ma révolte qu'il semait aux quatre vents avec ses commentaires désuets et ses réflexions faciles. Devenir grande et indépendante. Avec Danny, on épiait leurs effusions, on veillait tard pour surveiller les craquements de leur lit. On espérait être surpris. Mais jamais il ne l'embrassait. Les soirs de fête, il s'arrangeait pour effleurer sa joue de sa joue à lui, et ses lèvres rencontraient le vide. Il appelle ça embrasser.

Et puis un jour, il est parti dormir dans la chambre de Joseph. Tous les soirs, il ouvrait un lit de camp et chuchotait avec le petit ou lisait des *Sélection.* Elle a vécu seule dans le grand lit. Quelquefois, elle le menaçait à table, devant nous, oubliant que nous comprenions : « J'irai chez le rabbin, j'obtiendrai le " get [1] ". Tu n'as pas le droit... Ou alors explique-moi. » Il ricanait.

Pendant des mois, Danny a attendu. Moi je n'ai pas eu la patience. Je me suis réfugiée en Israël.

Ils ne font plus chambre à part, mais lit à part. A Jérusalem, c'est elle qui a hérité du lit de camp. Lui maintenant s'endort, les jambes

---

1. Divorce.

en croix, à l'aise. Quand on pénètre dans leur chambre, leur désastre vous saute aux yeux.

Les lèvres retroussées, il chasse de son ongle une miette incrustée entre deux dents. J'aurais voulu pouvoir lui dire que j'en savais long sur lui. Lui crier qu'il suscitait ma répulsion. Il m'avait dupée des années durant avec ses versions édulcorées de la famille, du judaïsme et d'Israël. En toute circonstance, il vous citait un verset comme on condamne une route. Derrière ce paravent mince, fragile, friable ô combien, il n'y a rien. Rien. Pas même du désespoir. Rien, il patauge dans ses idées sur mesure qui fleurent les interdits du quartier juif de Gabès, il juge avec un sérieux grotesque où superstition et foi se confondent. Comment lui expliquer qu'en ratant son mariage, il nous a plongés dans la nuit, Danny, Joseph et moi? Comment lui faire admettre qu'il faut du talent pour rendre les gens heureux? Laisse le Cantique de côté, père, l'amour est une musique qui se chante dans toutes les langues, pas seulement en hébreu.

Dans les jours qui ont suivi, longs et ternes, j'ai reçu quelques coups de fil dont l'un émanait de Roger, désabusé par la violence quotidienne. «Nous attisons, disait-il, la foi qui pousse des hommes à mourir pour une cause. Les cartes se brouillent. Nos ennemis d'aujourd'hui, si la situation se prolonge, vont devenir nos amis demain. Mais d'autres monstres s'agitent. »

Je n'accordais aucun crédit à ces phrases sibyllines. J'ai brusqué la conversation de crainte qu'elle ne fût surveillée. Mes frères ont appelé chaque soir et leurs voix m'ont paru nerveuses. Mais je n'avais jamais le temps de les interroger. Ma mère m'arrachait le récepteur dans un cri sauvage. « Mon fils », disait-elle, les joues inondées de larmes. Mon père ne bougeait pas de son fauteuil, seul son corps tendu trahissait son anxiété.

Je sortais, comptais les jours perdus, ce bout de vacances espéré toute une année pour aboutir à la médiocrité de ces heures qui passent, qui s'engloutissent dans la crainte d'une mauvaise nouvelle. Begin paraissait malade dans ses passages à la télévision. Son visage, barré de lunettes épaisses, exprimait le doute et la fatigue. Le ton avait perdu de sa morgue et de cette emphase biblique qui lui avait conquis les cœurs. Pourtant, dans les rues, on continue d'acclamer son nom. Maud prétend que ce délire est provisoire.

« Non seulement j'en suis sûre, affirme-t-elle en souriant, mais c'est une nécessité. Je ne suis pas venue m'installer dans ce pays pour endurer des guerres successives. Un jour, il y aura la paix.

– Pour l'instant...

– Et alors, rugit-elle... que veux-tu faire?

Partir? Mais sors la nuit à Tel-Aviv et Jérusalem... La vie est la plus forte! Jamais les cinémas n'ont été si bondés. Les gens débordent d'activité. Les autoroutes ressemblent à des ruches. L'inflation nous mine, mais il y a du fric partout.

– Et alors? C'est un signe de crise non?

– Ne me casse pas les oreilles! En France, c'est mieux? Vous ne subissez pas le creux de la vague? Quand on joue, il faut accepter toutes les règles. Un jour on monte, un jour on tombe. Et ce pays survivra. Nous sommes trop déterminés. »

Le bébé hurle, effrayé par les cris. Maud dégrafe son corsage, lui donne le sein. Il tète goulûment, les paupières closes, oubliant de respirer.

« Écoute, reprend-elle après un silence. La politique m'exaspère. Comme la majorité des gens, je peux t'assurer que je ne comprends pas grand-chose à la situation. Je marche au coup de cœur, à l'intuition. Mais le bruit qu'on fait autour de cette guerre pue! On cherche à déstabiliser la région! » Jacques, le mari, arrive, le front soucieux.

« Changez de sujet, intime-t-il. Les débats idéologiques commencent à m'énerver sérieusement. »

Il se penche, prend les lèvres de Maud pour un baiser bref.

Anaïs déboule de la cuisine en réclamant son paquet de confiseries.

« Tu pourrais nous garder les enfants ce soir ? demande Jacques. J'ai deux billets pour le théâtre et la baby-sitter est occupée.

– Bien sûr ! Quel est le thème de la pièce ? »

Il s'exclame en riant : « Le conflit judéo-arabe. Jouée par une jeune troupe qui se déclare de gauche... La salle sera certainement houleuse ! »

Mon père rentre en traînant les pieds, lance son feutre sur la table et, voûté, les mains à plat sur les genoux, il sombre dans un mutisme glauque. Quand il bouge, les os de ses chevilles craquent. On ne se parle pas. Mais son regard me suit dans mes déplacements, frôle mon corps en fixant un point imaginaire dans la pièce. Lorsque je le surprends, il se détourne aussitôt dans un raclement affreux de la gorge. Il s'entête à laisser régulièrement sur le buffet des billets chiffonnés et je n'ose les refuser de peur de le vexer. A Paris, je gagnais davantage que lui. Mais comment l'avouer ?

Et puis un soir, il est parti. Aliza, hystérique, l'avait réclamé d'urgence, délayant dans un torrent de larmes un bulletin de santé qui ne nous épargnait rien du pourrissement du corps en ruine. Entre deux hoquets, elle s'était apitoyée sur son épuisement et il ne faisait aucun doute qu'elle avait accablé de reproches ma mère qui,

selon elle, aurait dû redescendre à Beershéba
l'aider.

« Ton père va m'en vouloir, balbutie-t-elle.

– Enfin, tranchai-je, tu ne lui dois rien. Safta
est seulement ta belle-mère. Et puisque nous
sommes seules, je vais te débaucher, Ma! »

Mes paroles la consolent. Elle redresse l'échine,
le foulard, se laisse embrasser, prête à accepter
ce répit que je lui présente comme une aubaine.
Je lui tais mon remords d'œuvrer contre mon
père, d'élargir cette fissure qui s'ouvre entre eux
depuis des années.

L'après-midi, enhardie, elle m'entraîne vers
la vieille ville. Nous marchons à l'ombre des
remparts. Des femmes habillées du vêtement
traditionnel, une gandoura de soie noire rehaus-
sée de broderies sur la poitrine, lourdement
chargées d'un couffin de fruits juché sur leur
crâne, m'observent à la dérobée. Certaines, sous
leurs voiles, grimacent de dégoût. Elles ne me
pardonnent pas de provoquer leurs hommes en
montrant mes jambes nues au-dessous du short.

« Tu aurais dû t'habiller autrement, reproche
ma mère. Elles te mangent des yeux! »

La route est étroite et pentue. Les autobus
d'avant-guerre l'empruntent avec précaution,
lâchant derrière eux des panaches de fumée
noire. Souvent les manœuvres maladroites d'un
conducteur gênent la circulation pour un
moment. Alors, profitant de la confusion, des

paysans de la vallée de Jéricho qui viennent
vendre leurs produits sous la voûte du marché
de la porte de Damas se faufilent entre les
pare-chocs et crient pour encourager leurs ânes
rétifs effrayés par le vacarme. Leurs exclamations quelquefois, me sont destinées. « Yehou-
diha! » Le mot siffle comme un long crachat,
et l'œil devient torve, presque haineux.

Nous nous sommes mêlées à un groupe de
jeunes filles anglaises habillées d'un chiffon de
soie. Nous les avons suivies avec soulagement
dans leurs déambulations jusque dans les ruelles
marchandes du souk où la nudité des femmes
n'attire plus guère l'attention.

Nous avançons dans des odeurs d'orgeat, de
maïs cuit, de cardamome fraîchement moulue.
Dans la ruelle des tanneurs, le parfum fade du
sang domine celui de la laine et de la peau. Sur
le sol visqueux, crevassé, ma mère dérape, se
retient à mon bras, bouscule une soutane noire
qui se retourne et sourit avec indulgence. Le
pope copte a une tête de faune.

Enfin, devant chez Mansour, elle claque la
langue, satisfaite. L'échoppe est longue, haute
de plafond, tapissée de soieries, satin, dentelles.
Au fond, deux femmes empêtrées dans leurs
voiles blancs, un coupon en équilibre sur leurs
épaules d'où le tissu cascade jusqu'aux chevilles,
se concertent à voix basse. Elles tournent avec
grâce devant un pan de miroir tacheté,

approchent l'étoffe contre leurs joues pour vérifier si son chatoiement convient à leur teint.
Une moue perplexe enlaidit le visage de la plus
jeune, dont les lèvres fortes et humides ont
l'aspect d'un poulpe.

Maigre, le teint olivâtre, une moustache
blanche en croc, qu'il lisse de ses mains aux
doigts démesurés, Mansour nous accueille avec
enthousiasme. Il s'adresse en arabe à ma mère,
réjoui par certains de ses termes dont la pro-
nonciation a varié entre l'Afrique du Nord et
le Moyen-Orient.

Le vieux dit gaiement, cherchant mon appro-
bation :

« Nous n'avons pas l'exclusivité, ya lala, ta
langue est une fête. »

Et dans une envolée de mains, il ajoute :

« Tu as réussi ta fille ! Elle a ta beauté ! »

Une demi-heure plus tard, son ciseau a rogné
dans la soie de trois étoffes. Amusée, je songe
aux occasions qui, à Paris, me permettraient de
porter ces couleurs voyantes.

Les deux femmes piétinent toujours, per-
dues dans leurs mystérieux conciliabules. C'est
à ce moment-là qu'une main s'est refermée
sur mon cœur. A Beershéba une génération
s'éteignait.

Le lendemain, à l'aurore, Aliza nous annonce
le trépas de Safta. Elle donne ses instructions

très vite, avec la précipitation des gens qui veulent rejoindre leur mort. Le convoi funéraire arrivera, dit-elle, vers onze heures devant la gare centrale de Jérusalem, et nous chargera avant de se diriger vers le mont des Oliviers.

Ma mère achève, les yeux battus, les lèvres meurtries par les larmes, la préparation du Chabath, et les carreaux de la fenêtre s'embuent lentement sous la vapeur du couscous. Je roule les tapis de la salle à manger pour lessiver les carreaux de marbre. Dans la ruelle, l'ouvrier arabe siffle une chanson d'amour d'Oum Khelsoum. Par deux fois Maud est rentrée réclamer des épices et du persil, et comme d'habitude, avant de se retirer, elle s'est appuyée contre le chambranle de la porte pour bavarder un peu. Ma mère lui confie son chagrin. Neuf heures. Le coup de téléphone semble loin, comme si des siècles s'étaient écoulés. Je vide machinalement des pichets d'eau sur les géraniums. Les vasques de terre cuite suintent, rosissent. Je ne veux pas pleurer. Je fais ce que je peux pour me défaire de cette image de Safta, penchée par-dessus le sucrier, enfournant dans sa bouche quatre à cinq morceaux de sucre et les laissant fondre lentement sous la langue. Se sentant épiée, elle s'était retournée brusquement, et elle avait ri, la bouche envahie de cristaux blancs.

8.

Je ne me souviens de rien, sinon d'un drôle de petit cerf-volant rouge que les ronces du terrain vague avaient capturé. Par les vitres du convoi funéraire, je n'ai vu que lui et les tessons de bouteille qui pointaient leurs têtes acérées hors du sable.

Ensuite quatre hommes ont avancé pesamment sur l'allée de gravier. Une civière relie leurs quatre épaules nues. Derrière eux une procession clairsemée marche silencieusement. Le soleil est à son zénith, rendant plus ardue la marche funèbre.

Et moi où étais-je? A l'avant du cortège, à l'arrière? Où étais-je, protégée par mes lunettes foncées? De temps à autre mon père se retournait furieux, comme s'il jugeait indécent de porter des Ray Ban dans un cimetière.

Les allées ont été rétrécies pour faire plus de place aux tombes. A chaque tournant, c'est un visage de Jérusalem, vert, paisible, que l'on découvre.

« Alors la belle, chuchote mon oncle, tu viendras nous voir à Haïfa avant de retourner dans ton Paris ?

– A condition que tu m'invites à boire un verre dans le café le plus chouette du Carmel ! »

Il rit de bon cœur, heurte du pied la caillasse du chemin et je devine qu'il a envie de passer son bras autour de ma taille, de dévaler la colline et flâner avec moi dans la vieille ville ou à Yemin Moshé. Un regard prudent sur les membres de la famille le ramène à la réalité.

« Tu as remarqué le visage de mon père ? Il la tient, sa douleur...

– Oui », répond distraitement mon oncle. Et soudain, il presse le pas et, sur un petit signe, il m'abandonne.

Dans les allées, des tombes lisses démultipliées dans une géométrie sereine. Elles disent des morts précoces avec laconisme. Quelques-unes semblent écrasées par une mince poignée de cailloux, gris et blancs, ramassés dans l'allée par quelques visiteurs respectueux.

Les porteurs s'arrêtent, se soulagent en soufflant de leur fardeau. L'assistance fait cercle autour de la fosse fraîchement creusée. Pieds joints, les hommes rompent le silence pour psalmodier les prières. Le rabbin fait signe de

descendre le corps. Sur la tête et les jambes
dépouillées du linceul on jette, à tour de rôle,
des pelletées de terre mêlée à du gravier.
Quelques minutes plus tard, le sol remblayé
cache soigneusement sa proie. Le brancard est
abandonné sur le chemin. Les gens de l'entreprise des pompes funèbres le récupéreront plus
tard, lors d'un autre enterrement. Mais la toile
rugueuse garde encore l'empreinte du corps. La
famille se sépare sur des poignées de main.
Mon oncle, dans un élan, veut m'inviter à monter
dans sa voiture, mais à nouveau, l'ombre de
mon père le décourage. Sa main retombe. Il
m'adresse une grimace stupide.

« Alors on te voit à Haïfa? Je suis obligé de
repartir à la seconde... Et encore, je ne sais pas
si j'arriverai à temps pour le Chabath.

– Arrête, Armand. Ne te justifie pas... Mais
ne t'inquiète pas, j'exploserai bien un jour.

– Des menaces, la belle! » plaisante-t-il, gêné.
Et il torture sa lèvre inférieure entre son pouce
et son index. « Ne dramatise pas, ce n'est pas
un méchant homme, ton père.

– Joue l'autruche. Tu ne vois rien. Tu n'entends rien. Tu ne sais rien. Je n'ai pas besoin
de ton invitation, mais de ton appui. Parle-lui,
raisonne-le... Il va tomber dans son malheur
comme dans un puits... »

Penaud, il écoute mes reproches en creusant
avec frénésie le sable de son talon. Robuste,

poilu, les dents saines, la joue couturée d'une balafre qu'il a rapportée d'une escarmouche, Armand déteste se mêler des histoires de famille.

« Si je devais tirer quelqu'un de ce pétrin... je choisirais ta mère! Elle est la plus à plaindre. Mais je n'interviendrai pas. Je n'en ai pas le droit. OK girl? »

Et sur ces mots, il s'enfuit.

Tous remontent d'ailleurs dans leurs voitures et, dans un démarrage brusque, quittent les lieux. Derrière nous, le gardien a refermé posément les portes du cimetière. Il n'attend plus de morts, ce vendredi. Jusqu'au dimanche, il fera relâche, les enterrements étant strictement prohibés le chabath. Ainsi, s'achevaient soixante-dix années d'existence. Enfin, à quelques mois près. Sur la carte d'identité, on avait porté à la mention âge : inconnu.

La fourgonnette des pompes funèbres nous a ramenés jusque devant la maison. Ma mère a aussitôt dressé la table pour restaurer les quelques oncles et tantes qui ont fait halte chez nous. Œufs et olives noires. Aliza, le visage congestionné par les larmes, s'adosse contre le mur et picore debout, répétant comme une rengaine les derniers instants de sa mère. Assommée par la cérémonie, le soleil, les pleurs et les chants, j'ai fini par m'endormir dans le sifflement des

moustiques qui viennent mordre chaque milli-
mètre de peau nue.

Dans un silence ouaté, Safta m'a conduite
dans sa chambre où la mousseline verte de la
fenêtre tamise toujours la lumière. La pièce a
été vidée. Ses vêtements personnels ont été
donnés à un fripier. Les pantoufles trop usagées,
le réveil Jaz rouge et les boîtes de médicaments
ont été jetés à la poubelle. Il ne restait plus rien
d'elle. Pas même un foulard. Dans cette chambre
nue, je me suis mise à danser, et Safta mesurait
le rythme en tapant dans ses mains. Je ne la
voyais pas. Elle se tenait toujours derrière moi,
tournant avec moi dans la pièce qui s'assom-
brissait lentement. Les pieds ensorcelés, je per-
dais souffle dans l'obscurité profonde de la pièce
où jadis la vieille avait cousu des coussins de
soie sur lesquels on s'appuyait pour boire le thé,
où elle avait abattu les cartes d'un long jeu de
patience pour tromper le temps, où certains
matins, en se réveillant, devant le soleil qui
inondait le lit, elle chantait des cantiques en
arabe. « La roue tourne, chuchote une voix
invisible. Tourne, tourne avec ta chance ; tourne,
quand tu t'arrêteras, tes amis auront disparu, ta
langue sera incomprise, ton pays aura changé.
Tourne, tu crois la vie immuable, mais le temps
te trahira. Tourne. »

Danny et Joseph m'embrassent avec douceur
en soulevant les mèches de mes cheveux. En

ouvrant péniblement les paupières, j'ai compris que mon rêve m'accordait un sursis et qu'il m'attendait dans un coin de ma mémoire, pour un autre sommeil, un autre abandon.

9.

« Alors poupée? Tu dors? » susurre Danny railleur.

Joseph, écroulé au bout du lit, me chatouille la plante des pieds. Je me redresse contre le mur, retenant le drap sur ma peau nue pour me couvrir les seins.

« Vous voilà enfin? Je vous attends depuis quatorze jours. »

Danny feint la déception outrée, se tourne vers Joseph pour le prendre à témoin.

« Trois ans d'absence contre quatorze jours. Et elle proteste! Ensuite on prétendra que les femmes sont équitables! »

Joseph s'esclaffe, joue le jeu.

« Tu sais bien que les hommes ont toujours tort!

— C'est évident, rétorque Danny qui brandit comiquement sous mon nez un soutien-gorge. Évident! »

Et brusquement, tous deux me sourient, désar-
mants.

Leur corps a acquis une solidité farouche.
Comme s'ils avaient décidé de ne plus se laisser
entamer. Joseph surtout, que j'avais quitté chétif,
avec un regard d'écorché, manifeste par son
allure, la carrure de ses épaules, une assurance
profonde qui laisse supposer des blessures graves.

Danny allume trois cigarettes avec un air de
bravade et les offre à la ronde.

« Ah, dit-il, en étendant ses jambes dans la
ruelle du lit. Je suis épuisé. Nous sommes arrivés
au cimetière une demi-heure après votre départ.
Pourtant, nous avons roulé à tombeau ouvert... »

Je réprime un sourire devant la formule.

« Vous êtes entrés ?

– Pour voir quoi ? Un carré de terre retourné ?
Nous ne sommes pas descendus de la jeep... »

De profil, le visage accuse davantage la
mâchoire chevaline et le nez busqué. Mais les
yeux sont très beaux, ourlés de cils épais et
noirs, et la bouche est lourde, sensuelle. Impulsif
et bavard, Danny déconcerte avec son rire.
Personne ne lui résiste, pas même mon père
qui oublie sa morosité dès qu'il l'aperçoit. Joseph,
lui, ressemble à ma mère. Pommettes saillantes,
œil noir et lèvres minces, sa timidité confine à
l'inquiétude. Il a laissé la parole à Danny, sans
doute pour dissimuler un bégaiement qui exaspère mon père.

« Cela ne s'est pas trop mal passé, là-bas ? » demande Danny.

Joseph torture son bracelet en argent, absorbé dans ses réflexions.

« Beaucoup de silence, dis-je vaguement. Du soleil à t'en donner le vertige. J'avais l'impression de nager dans un rêve, et cela s'est accru dans les allées, avec les tourbillons de poussière. »

Joseph approche le cendrier et le long rouleau de cendres s'y écrase doucement. En rencontrant son regard, j'ai compris qu'il avait pleuré.

« Tu es descendue dans le Sud, la voir ?

– Oui... et je regrette...

– Aliza a été odieuse ? »

Je n'ai pas répondu. Leur présence chasse ce désarroi qui criaille dans ma tête. Cela ne tient à rien de vraiment précis, à leurs bras longs et musclés où les veines saillent, à leurs mains posées avec nonchalance sur le matelas, à leurs deux paires de godillots, si cassés et déformés qu'elles semblent ricaner comme des masques de carnaval.

« Vous avez une longue permission ?

– Juste pour le chabath. On partira dimanche matin à l'aube », déclare Danny d'une voix lugubre qui nous fait rire nerveusement, Joseph et moi. Un instant étonné, Danny fait écho, bramant d'un ton bouffon.

Ma mère qui entre, les bras chargés d'un plateau, s'arrête sur le seuil.

« Pourquoi riez-vous ? Dites-moi ? » supplie-t-elle.

Danny la débarrasse, Joseph l'enlace. Ils la protègent comme un objet précieux, et ils ne la connaissent pas. Je doute qu'un jour elle ait confié à quelqu'un des détails sur sa jeunesse et ses désirs. Elle sait évoquer à merveille nos rages de dents ou nos varioles, mais son éducation a été comme un dard sur sa langue. Jamais elle ne parle de son enfance et de ses larmes, de ses peurs ou des caresses de son mari. Dans un album de photos anciennes qui datent de la Tunisie, on la croise quelquefois, âgée de quinze ans ou de dix-sept ans. La natte longue lui bat les reins. La robe est triste, interminable. Et son visage naïf et clair sourit à l'objectif avec beaucoup d'hésitation. Comme maintenant, devant ses fils, qui la dominent d'une bonne tête, et qu'elle regarde passionnément, stupéfaite qu'ils aient pu grandir et devenir des hommes. Elle se plaît à leur répéter :

« Vous étiez comme des bouchons dans mon ventre. Neuf mois je vous ai portés ! »

La main sur son foulard, un peu confuse, elle insiste pour se faire donner la cause de notre hilarité.

« Alors dites-moi, qu'est-ce qu'il y a ?

– On riait pour rien, soupire Danny. Maman,

c'est juste un moment entre nous. Le plaisir de nous retrouver. »

Il la fait asseoir et pose sur le tapis le plateau hideux, d'un émail vert rongé de rouille sur ses extrémités. Le fond de pivoines roses baigne dans une flaque de thé qui s'est renversé malgré ses pas précautionneux.

« Je vous gêne? dit-elle vexée.

— Ma, tu es insupportable! » fais-je.

Elle se croit exclue, se tient sur sa chaise dans une raideur de statue. Ses yeux noirs nous traquent avec inquiétude, elle quête une toux, une pâleur sur le front, un soupçon de maladie qui la rendrait à son rôle exclusif de mère.

« Couvre-toi devant tes frères, me lance-t-elle. Tu es nue sous ce drap. Attends, je vais t'apporter une chemise de nuit.

— Mais repose-toi, maman », râle Danny.

Et elle, dans un sursaut :

« Tu veux donc me tuer? »

Dans le rire tonitruant de Danny, trois coups frappés à la porte ont retenti.

Ma mère a ouvert la porte. Elle s'efface pour laisser entrer le rabbin du quartier, un homme rond, trapu, la barbiche en pointe bien taillée, vêtu d'une chemise nette et d'un costume noir. Sur le chapeau correctement posé à mi-front, les yeux sont froids.

Il dit d'une voix de basse « Chalom ».

Ma mère balbutie « Chalom » en touchant sa robe à pleines mains comme si elle ne se jugeait pas assez présentable pour lui.

Il ne la regarde pas. Accueilli par mon père qui lui serre la main, le rabbin articule ses condoléances. Aliza, fascinée comme par un fauve, s'est arrêtée de pleurnicher et dans le silence qui a suivi, chacun a pris conscience de sa propre détresse.

« Vous avez une paire de ciseaux ? » murmure le rabbin sur le ton qu'on prend pour parler à des malades.

Ma mère s'empresse, se cogne à un coin de table, furète dans sa boîte à couture et revient avec l'instrument qu'elle tient comme une arme.

« Écoute-moi ! Durant sept jours, disait le rabbin, tu ne travailleras pas. Tu resteras, toi et ceux qui sont de son sang, allongés sur un matelas à même la terre. Tu ne te laveras pas. Tu ne te raseras pas. Tu ne mangeras pas de viande. Tu ne boiras pas de vin. Le soir du septième jour, tu seras délivré de ton deuil. »

Le petit homme rond poursuit, sans nous accorder un regard, ne s'adressant qu'à mon père :

« Préoccupe-toi de trouver, tous les soirs, dix hommes pour animer la prière. Pourras-tu ? »

Mon père a fait signe que oui.

« Bien, que son nom soit béni ! »

Il y a une légère touche de théâtralité dans

le geste du rabbin qui d'un coup sec de ciseau échancre d'abord la chemise de mon père puis la robe d'Aliza. L'accroc du vêtement ressemble à ce temps qui devient guenilles lorsque la mort vous ravit un être aimé.

Deux heures avant l'allumage des bougies, à leur tour, les vieux sont arrivés. Et la porte n'a plus cessé de s'ouvrir et de se refermer. Soutenus par leurs fils et leurs petits-fils, ils sont venus du Nord, des kibboutz de la Côte ou de Dimona la Blanche, pressentant dans cette fin leur disparition imminente. Ils portent encore le vêtement traditionnel de Gabès ou de Souss, le pantalon bouffant et le kabouch. Dans des tissus noués aux quatre coins ou dans des filets à mailles de plastique, ils ont rangé quelques effets de rechange. Ils claquent à plusieurs reprises sur chaque joue des baisers humides et branlent longuement la nuque en réponse aux marques de bienvenue. Ils se sont assis un moment à l'ombre, sur la terrasse, encerclés par leurs couffins tandis qu'on prépare la salle à manger pour les installer. Ils ont réclamé d'une voix essoufflée de l'eau qu'ils ont bue d'un trait, avec reconnaissance. Ce sont les cousins de Safta. Oncle Jonas et Menahem, Bébert le Sourd, Avram le Cordonnier, Jason l'Aveugle. Et Judith, Ouarda, Camouna, Jacqueline, Esther. Et d'autres encore, renommés en Tunisie, mais séniles en

Israël, artisans habiles qui attendent maintenant leur mort dans une solitude résignée, ratatinés du matin au soir sur un coin de chaise ou de lit, à l'affût d'une attention ou d'une caresse de leurs enfants. Ils ont passé l'âge qui confère le pouvoir ou le respect. Ils sont au-delà de tout. Quand ils marchent, leur corps oscille, déporté par leur poids.

Bientôt, ils ont pu s'étendre sur la dizaine de matelas que je suis allée quérir chez des voisins.

Mes frères ont ôté leurs habits militaires pour enfiler des vêtements civils, mais ils ont gardé la chaîne autour de leur cou, où la plaque d'identification, emmaillotée dans du sparadrap noir, est cassée en deux quand le soldat meurt, un morceau pour l'armée, un morceau pour la famille. Ma mère a juste eu le temps de laver leurs uniformes. Épinglés sur une corde par le bas du pantalon et de la chemise, ils se gonflent sous le vent comme si de la chair vivante les animait. Et la sirène a retenti pour annoncer le chabath dans la ville.

Durant le repas, les vieux racontent des anecdotes bibliques. Quelquefois, leur excitation est si forte, que leurs voix se chevauchent, assourdissantes. Mes frères, les yeux baissés sur leurs assiettes, mangent vite. Nos regards qui se croisent manifestent notre irritation. Ma mère fait le service, avec des gestes très las.

La table desservie, nous sommes sortis tous
les trois pour nous détendre. Danny se tient à
ma gauche, Joseph à ma droite. J'allume une
cigarette. Après une hésitation, Danny en
demande une, et Joseph, religieux, sursaute,
étonné. La nuit est fraîche et le ciel zébré
d'étoiles filantes. Nous avons escaladé une butte
pour contourner la rue bruyante du centre du
quartier que détruisent les jeunes désœuvrés en
lançant des pierres contre les vitrines, en brisant
les poubelles et en arrachant les combinés de
téléphone. Leurs coups de sifflets, leurs rires
vulgaires nous parviennent, mais amortis par la
distance. Danny a cueilli une fleur à un buisson
de sycomores et l'a accrochée à mes cheveux.

« Alors ?

– Alors quoi Danny ?

– Ta vie à Paris... »

Et sur un clin d'œil il poursuit : « Tu as un
lover ?

– J'ai un lover... Et toi ? Et toi Joseph ?

– C'est de toi qu'il s'agit, petite sœur, réplique
Danny, sèchement. Comment s'appelle-t-il ? C'est
sérieux ? Pourquoi n'est-il pas venu avec toi ? »

Mes pieds dans mes sandales sont moites.
Une sensation désagréable de malaise, qui, depuis
le coup de téléphone de ce matin, ne m'a pas
quittée. Entre mes orteils, il reste des grains de
sable emportés du cimetière. Comme si la mort
de Safta demeurait en souffrance sur mes pieds.

« Cela signifie quoi au juste le sérieux dans une relation Danny ? »

Joseph, lui, contemple les étoiles, les mains enfoncées dans ses poches. Danny massacre sur notre passage les feuilles des buissons qu'il déchire en miettes entre ses doigts.

« Ne fais pas l'idiote... le mariage...

– Je crois qu'il le souhaite, dis-je évasive... Il me l'a proposé à plusieurs reprises... Mais j'hésite, j'ai peur...

– Tu veux rester célibataire ?

– Non, je veux des enfants...

– Avec lui ? »

Joseph intervient, excédé : « Danny, s'il te plaît. »

Nos mains qui se sont rejointes s'étreignent. J'ai aimé qu'il me défende. A lui j'aurais pu confier que le temps depuis l'enterrement a perdu de sa cohérence. Aliza allait-elle remplacer le réveil Jaz rouge de Safta par ces horloges kitsch qu'elle apprécie tant ?

« Avec lui ? insiste Danny sans se démonter.

– Je ne sais pas. J'en doute. Il est amoureux, attentionné, mais nous sommes trop différents !

– Alors pourquoi ne pas le lui dire franchement ? Pourquoi ne le quittes-tu pas ? Pourquoi lui laisses-tu des illusions ? » L'exaspération de Danny est émouvante. S'il devait un jour aimer une femme, la passion l'égarerait comme elle avait enchaîné Bernard à ma vie, malgré mes silences, mes bouderies, mes tristesses.

En rentrant à Paris, aurai-je le courage de lui avouer que je ne l'aime pas? Mais comment supporter le désespoir de ses yeux, qui, de mois en mois, ont su retarder l'instant de la rupture? Je n'éprouve plus pour lui qu'une infinie tendresse et notre lit est le siège d'une paix un peu terne. Pourtant, je ne peux pas le quitter. Il faut avoir vécu auprès d'un être qui a tout engagé pour vous, jusqu'à ses goûts, pour comprendre qu'on ne dénoue pas aisément son destin du sien. La complicité a marqué le pas sur l'amour et l'on finit par s'arranger d'une liaison qui est devenue un garde-fou.

« Danny, reposons-nous sur ce muret. Je suis fatiguée. Tu m'épuises avec tes questions!

– Et toi, tu me déçois. Je te croyais plus combative, passionnée, intransigeante. Remarque, en trois ans, on a le temps de se fabriquer des mythes. Quand j'étais prêt à faire des compromis, je me souvenais de toi, de ta détermination à obtenir ce que tu souhaitais... Tu te rappelles? Tu criais : "Plutôt mourir que d'obéir à des ordres qui me dérangent..." Tu m'as rendu rebelle, petite sœur... »

J'allume une cigarette. La flamme éclaire le visage de Joseph qui semble prêt à crier, mais il a préféré le silence comme d'habitude. Seulement, il s'est accroupi et a retiré mes sandales avec douceur pour masser mes chevilles.

« Tu as mal ? Tu boitais ? Elles sont trop étroites n'est-ce pas ? Le cuir est griffé sur les lanières et les boucles sont rouillées ! »

Danny ricane :

« Tu la dorlotes comme un bébé. C'est une famille de fous. Nous vivons dans un silence insupportable. No question, no love. Just sadness...

– Très bien, Danny, calme-toi. Non, je ne l'aime pas. Mais j'ai besoin de l'amour qu'il éprouve pour moi, en égoïste. Je ne l'aime pas car il n'a pas voulu ou pas su m'interroger sur mon passé. Il n'est pas descendu dans mes tunnels, là où est écrit " danger ". Il croit que je n'existe que depuis le moment où l'on s'est rencontrés. Bernard ne sait pas beaucoup parler de lui ni inciter aux confidences ; il préfère la musique, la littérature, le cinéma. C'est un homme étrange, un peu sauvage... Tu comprends... ?

– Il est juif ?

– Oui. »

Danny enjambe le muret, s'assoit à califourchon et se cure les dents avec une tige sèche.

« Tu as renoncé à la passion ?

– J'ai renoncé à beaucoup de choses depuis que j'ai quitté Jérusalem. Une part de moi, la plus ardente, est restée ici, à l'arrière.

– Tu es haineuse. Ma haine à moi a été nourrie par d'autres manques. Joseph, si tu l'enivres à l'arak, se trahira peut-être et t'ouvrira son cœur. Je cherchais à nous aider, à nous cerner. Mais on ne peut rien pour les autres... »

Il pose sa tête sur mon épaule et m'appelle tendrement par mon prénom, à plusieurs reprises, très vite.

« Et toi ? Tu as une femme ? » dis-je maladroitement.

Mais il a repris son rôle de pitre. Il se lève, clame vers le ciel avec un mouvement royal du bras :

« Une femme ? Non ! Mais des femmes ! Des copines quoi ! »

Joseph rectifie avec ironie, oubliant de bégayer :

« Tu connais des filles prêtes à attendre un homme pendant trois ans d'armée à raison d'une rencontre toutes les trois semaines ? »

Danny éclate de rire, désigne Joseph du doigt :

« Ce fou ! Il a erré plusieurs jours dans les quartiers religieux de Jérusalem, à Beit Vagan et à Méa Shéarim, pour découvrir la perle rare. Mais son bon goût, heureusement, l'a sauvé in extremis. Imagine le tableau ! Joseph épousant une femme dont les bas noirs et épais tournent autour des chevilles, corsetée dans une chemise qui ne laisse pas un centimètre de peau à nu.

Avec en prime, une obstination forcenée à refuser la pilule. Croissez et multipliez et envoyez vos garçons à la guerre, commande la Bible!

– Tu exagères comme toujours », reproche Joseph doucement.

Nous sommes retournés lentement vers la maison. Danny, excité, profanait pour la dixième fois le chabath en allumant sa dixième cigarette. Joseph rêvait calmement. Moi je songeais à toute cette violence qui bouillait en nous et qui nous empêchait d'être heureux.

Devant la porte, Joseph a dit soudain :

« Tu sais que le verbe " chercher " a la même racine en hébreu que le mot " liberté " ? Mais sais-tu qu'il a aussi la même racine que le verbe " déguiser " ? Réfléchis à ça... »

10.

Entre ciel et terre, je rôde dans la ville, livrée à ma solitude. Mes frères sont repartis, emportés par une jeep couleur mastic. Il a suffi de deux coups de klaxon impératifs, et ils se sont raidis en ajustant sur l'épaule la bandoulière de leur mitraillette. Jeunes et minces dans leur habit vert, le visage dur, ils ont dévalé l'escalier, ma mère sur leurs talons. Quand ils ont disparu, elle a lancé dans leur direction un verre d'eau. A eux non plus, je n'ai pas su me confier. Il y avait trop de vacarme dans la maison, les voisins défilaient pour présenter leurs condoléances à mon père, puis s'attardaient longuement sur le seuil au lieu de s'esquiver. Danny et Joseph les repoussaient d'une légère bourrade dans le dos, aspirant à quelques moments de paix, et ils me regardaient désolés. Des heures après leur départ, la maison crie encore leur absence. Un linge mouillé au pied d'un lit, un pot de confiture entamé sur le bureau de Danny, un bouquin de philo ouvert retourné sur l'oreiller de Joseph.

« Ne range pas leur désordre, avait commandé ma mère. Laisse-moi croire qu'ils rentreront ce soir, comme tous les fils des mères du monde. »

Puis elle a été accaparée par le service des vieillards. Ils murmurent leurs litanies dans un bourdonnement continuel. Une odeur de camphre et d'œuf émane de leur chair et leurs gaz nauséabonds se répandent dans toutes les pièces. Ils se mouchent et crachent dans de grands mouchoirs à carreaux. Parfois, ils font circuler une tabatière en argent gravée d'arabesques et prisent une fine mouture de tabac blond qu'ils enfouissent de deux doigts dans leurs narines. Ils toussent ensuite, mais se regardent réjouis.

Ma mère ou des cousines éloignées les servent avec déférence. Ils hochent la tête devant les plats, attendent qu'on répète à plusieurs reprises l'invitation pour s'autoriser à y goûter.

Je n'avais guère imaginé, dans mes visions les plus hallucinantes, un tel spectacle. Ils déchirent de leurs doigts gourds le pain cuit par ma mère, et séparent la croûte de la mie. Dans les assiettes, ils dédaignent les morceaux fermes qu'ils ont longtemps sucés entre leurs gencives ou creusés de leurs ongles. Quand ils sont rassasiés, ils se rincent les mains et le menton

dans une bassine. Des déchets noirâtres sur-
nagent dans l'eau souillée.

J'ai commencé ma vie comme un bloc de
pierre et chacun à son tour est venu y porter
un coup de ciseau. Partout maintenant quand
je marche, il y a du vide. Partout, il est là qui
s'étale, tuant l'espoir. On peut avancer ainsi
jusqu'à la limite de ses forces, sans prendre
garde à rien, sinon au « floc » insipide de la
semelle qui se détache du goudron. Un pas
devant l'autre sous le soleil, voir la ville s'élargir
et grandir démesurément, dans une enfilade de
ruelles, d'avenues, qui mènent sans répit à
d'autres ruelles, comme si le cœur battant de
Jérusalem était enfoui dans un lieu souterrain.
L'errance devient un parcours de lignes brisées
par des obstacles.

La couleur blanche du ciel, hypnotique, fait
danser des taches de lumière devant mes yeux.
Et il me faut entrer dans les salons glacés des
hôtels pour calmer mes éblouissements. Je
demande des verres d'eau que je lampe comme
un médicament. C'est ensuite que je reprends
souffle. Dans un coin du hall, près du bar,
l'écran d'une télévision affiche des valeurs
boursières devant des hommes agglutinés en
cercles serrés. Dollars, marks, francs fluctuent.
Quelques exclamations fiévreuses éclatent,

assourdies par les tapis. Le silence revient. En
quelques mois, les Israéliens ont appris à aimer
ce nouveau jeu.

J'allume une cigarette et je repars, somnam-
bule, suivie par le regard ironique des portiers.
Je m'oriente à travers la ville, les épaules décou-
vertes par ma robe largement échancrée, la
bouche très rouge sous le fard, les yeux faits.
Mes cheveux répandus forment une masse électrique. A Paris, ils se calment, secs et ternes.
Sous le soleil, ils deviennent abondants avec un
mouvement indiscipliné.

Je marche, maquillée avec violence, pour
heurter la ville, humilier la ville. J'ai rempli ma
peau de couleurs comme on comble une fosse.
Concentrée et prudente, j'avance sous les volets
de bois peints d'un vert qui chante sur la chaux
rouille des façades, et les trottoirs sont si étroits
que les passants, avant de se décider à mettre
un pied sur la chaussée pour me céder le passage,
me dévisagent avec commisération. Il y a ceux
qui aboient avec netteté « Putain », d'autres
exultent, l'œil allumé par la convoitise. Jeux de
bouche et jeux de langue. Sifflement railleur
des soldats en permission qui m'interpellent
avec des mots piquants. Mais le sens profond
de leurs cris m'échappe. C'est comme si brusquement on avait enlevé une bonde. Toute l'eau
a commencé à s'enfuir. Rien ne la retient plus.
Elle coule sans hâte aucune, inexorablement.

Chose étrange, je me suis mise à sombrer. Toute l'eau s'en va et moi je coule.

Marches. Arbustes. Maisons défoncées soutenues par des poutres du quartier de Mamila. Faubourg noir de Yaffo. Pierres de taille des rues de Rehavia où les stores jaunes des fenêtres mettent une note gaie. Soleil et incandescence. Le paysage est trouble, tremblant comme l'avenir. Banc dans un jardin, mais le bois est brûlant car l'eucalyptus malingre ne donne qu'une ombre rase. Sur les places, des soldats casqués, armés, se regroupent. D'un bond leste, ils sautent dans les ventres des camions qui démarrent et les emportent vers le Nord. Certains rient en agitant la main. D'autres restent prostrés, la tête sur leurs genoux comme les mendiants de Paris qui répugnent à vous faire lire leurs regards. Safta n'arrêtera plus la guerre en priant l'Éternel pour implorer la paix. Qui donc lui avait enseigné à clamer « Adonaï, Adonaï [1] » avec cette foi si profonde ! Et pourquoi en l'espace de deux générations ce nom est-il déchu ?
Un homme qui avale des raisins secs, en les fourrant par poignées dans sa bouche, m'accoste. Il me prend le bras à la naissance du coude et m'accompagne doucement à la terrasse d'un café. Je m'assois, docile, sur une chaise en rotin très

----

1. Adonaï : Dieu en hébreu.

basse. Il m'interroge. Il appelle le barman et commande deux cafés serrés, parfumés au hel. « Adonaï, Adonaï. » Un cri très beau que je ne comprends plus. Je suis seulement sensible à la musique qu'il réveille dans ma tête. L'homme rit et se masse la poitrine. Il y a beaucoup de jeunesse dans sa bouche, mais ses yeux me déplaisent. Ils louchent vers le nez et le teint est trop mat, avec sur les joues une barbe bleue et drue. Il dit qu'il veut faire l'amour avec moi. Il dit qu'il trouve les femmes fardées très sensuelles. Il dit qu'il n'a jamais rencontré des yeux aussi nus dans un visage si fardé. Il dit qu'il peut m'aider. Et il frotte son pouce contre son index avec une expression encourageante. J'ai fait non, en secouant la tête. L'homme ne m'a pas retenue. En me levant, j'ai capté mon image dans un miroir. Et j'ai ri devant cette folle aux paupières barbouillées de khôl. Tandis que je m'éloigne, j'entends le cabaretier interroger l'homme d'une voix gouailleuse.

« Alors ? Elle t'a eu ? T'as pas réussi à la baiser ? C'est sans doute une novice ! »

Je me jette en avant dans la lumière bleue qui embrase les pierres. Tout ce soleil et pas une mince plage d'ombre, rien que des murs qui ne parviennent pas à arrêter la chaleur, qui se sont ouverts à l'envahisseur durant deux mille ans. Des murs juste bons à fondre, à disparaître quand on a besoin d'eux. Et durant la guerre, ils s'effacent, font le gros dos.

11.

A Jérusalem, il y a quelques années, j'ai connu
une prostituée. Elle se faisait appeler Mavrika,
« étincelante ». Elle avait simplement orthogra-
phié en hébreu les consonnes de son ancien
prénom arabe qui signifiait bénie, et changé les
voyelles pour offrir un nouveau titre à sa condition de femme. C'est à cette époque-là qu'elle
avait commencé à flamber sa vie. Au début, elle
n'a allumé que de petites torches, juste des
flammèches bleues pour étudier ses réactions.
Puis elle a tondu ses cheveux, élargi sa bouche
sur un sourire artificiel. Il lui arrivait de dormir
quatre jours et quatre nuits, le visage écrasé
contre l'oreiller, le corps en chien de fusil avec
les mains fermées en conque sur le sexe.

Les lendemains, elle errait insomniaque dans
la ville, effleurant les portes des maisons, griffant
les pierres des murs de ses ongles acérés. Des
hommes l'abordaient : « Mavrika ! » Elle se rendait

à leur désir, les suivait muette, pénétrait derrière eux à l'intérieur des bâtisses dans l'ombre fraîche des pièces. Ils la prenaient d'abord à même les dalles. Puis ils l'allongeaient sur un lit, saisissaient ses reins à bras-le-corps, s'enfonçaient en elle avec des râles de bonheur, écartant ses jambes pour jouir plus profondément. Elle se levait pour les quitter, mais ils la basculaient encore, et fendaient son sexe, avec des gestes brutaux. Ils laissaient sur les draps des lits des traces humides, blanches ou noires quand elle était impure. Ils commentaient en riant la fermeté de ses seins, la vasque grasse de son ventre ou la finesse de ses chevilles ornées de chaînes d'or. Certains la paraient de bijoux, d'autres drapaient autour de sa taille des étoffes de soie noires ou rouges, et des foulards. Elle restait molle, s'abandonnant à leurs mains habiles qui modelaient d'autres images d'elle. Fille publique, elle acceptait parfois les cordes qui ficelaient son corps aux armatures des lits.

Mais aucun cri, jamais, ne sortait de ses lèvres. J'avais aperçu l'un de ses amants. Il s'appelait Michaël. Il avait la peau flétrie, couturée de cicatrices. Ses avant-bras étaient tatoués de fleurs vénéneuses. Il la suppliait d'une voix lourde, indécente, de raser les poils de son pubis, préférant, disait-il, les femmes imberbes. Puis il lui confiait qu'il haïssait les vieilles au ventre bas et gélatineux garni d'une bourre grise. « Je

te tuerai si tu perds ta beauté », menaçait-il. La
putain souriait avec ses yeux et s'échappait.

« Mavrika! » Elle représentait une forme de
plaisir proscrit dans Jérusalem. Elle se développait comme une ronce sauvage et je rêvais de
la voir envahir le canon des mitraillettes et
s'accrocher aux gueules fumantes des tanks.
« Mavrika! » Elle se tenait dans la rue, hissée
sur ses talons hauts, une jambe fléchie comme
un héron sur un lac imaginaire. Impassible,
Mavrika narguait les crépuscules. Elle était la
proie des soldats, des commerçants ivres et des
diplomates étrangers. Son crâne tondu les fas-
cinait. Avec un peu de génie, ils pouvaient
croire qu'ils possédaient une de ces femmes des
quartiers religieux qui s'affublent de perruques.

Je la cherche dans la rue des Prophètes, la
Via Dolorosa, la rue d'Omar Ibn El Katteb, aux
portes de la vieille ville. Je la cherche dans les
recoins sombres, les impasses, les repaires des
mendiants, les places ensoleillées. J'interroge les
cireurs de chaussures qui étalent leurs boîtes de
métal et travaillent en riant, les marchands de
bégalé [1] qui surveillent le flux des passants
derrière leurs voiturettes stationnées.

Je vais chez Abou Christo le Grec qui reçoit
chez lui les fumeurs de narguilé, étendus sur
des matelas de crin, rêvassant sous une photo-

---

1. Pain rond en forme de bracelet.

graphie gigantesque de Yasser Arafat. D'autres femmes sont là, aux rires faciles, les reins ceints de pagnes de perles. Mais nulle n'a sa profondeur, cette lumière de l'œil. Mavrika. Je veux qu'elle m'enseigne l'art du déguisement. Désormais je lui ressemble, récusée par mon père qui, depuis la mort de Safta, m'observe les yeux rétrécis par la colère. Il ne me pardonne pas de fuir la maison, ainsi accoutrée. Il n'a pas compris mes couleurs fétiches pour tromper la mort. Mais il a dû répondre aux vieillards mécontents qui ont fait le procès de l'éducation qu'il m'a donnée. Ils ont reproché : « Elle n'est pas habillée comme une femme juive, une femme de notre pays. » D'autres encore ont affirmé : « Elle ploie vers le péché! Brise-la avant qu'elle ne te dévore. »

Alors mon père, pour se justifier, s'est plaint à plusieurs reprises de ma rébellion et des tourments que je lui ai causés. Dans une des pièces où il m'a entraînée dans l'espoir de me faire entendre raison, il m'a giflée, lui qui depuis des années avait renoncé à lever la main sur moi. Mais son regard n'a pas su m'affronter.

Mavrika! Ses récits d'autrefois martèlent ma tête tandis que je trébuche à travers les rues où les murs dessinent les yeux injustes de mon père.

Un rémouleur affûte des couteaux, la taille cambrée par l'effort. A chaque morsure de la

pierre, une pluie d'étincelles jaillit des lames.
Trouver le fil de ce désespoir qui émousse la
vie. Je m'enfuis vers la lisière de la cité, là où
derrière le quartier d'Abou Tor, des chèvres
maigres broutent des épineux, leurs mamelles
plates griffées par les ronces. Des enfants arabes,
flottant dans leurs djellabas, lèvent la tête de
leurs jeux, et leurs mains, pour décourager mes
approches, tracent des gestes obscènes. Je me
perds dans Jérusalem comme je dérive dans les
méandres de ma mémoire.

Dans la rue centrale de Méa Shéarim, existent
certains personnages qui peuvent paraître excen-
triques avec leurs habits noirs et lustrés, leurs
chapeaux ronds recouverts les jours de pluie
d'un sac en nylon. Ils ont des allures sautillantes,
des dos contractés qui révèlent une peur si
profonde que toutes les élongations du monde
ne sauraient les redresser. Ils glissent dans le
soleil telles des ombres surgies de nulle part et
allant on ne sait où, farouches, méfiants, défen-
dant rageusement les textes de la loi coincés
sous leurs aisselles.

On les entend parfois tenir des discours aux
rares oiseaux de la rue qui, perchés au sommet
des murets, semblent les écouter avec amour.
On les voit aussi s'arrêter pile, comme mus par
un souvenir, et frémir. Sur leurs lèvres, une
prière. Un doigt sur la bouche, ils s'efforcent

au silence comme pour éviter de divulguer un secret. Alors ils repartent, échine cassée, une main derrière le dos, occupés à repousser de la pointe de la chaussure les papiers des glaces qui jonchent la rue, les billes égarées des enfants ou les bouteilles vides de jus de fruits. Plus tard encore, ils s'immobilisent et rient dans un chevrotement discret, en tirant sur les poils de leur barbe.

Ils murmurent, haineux, fixant les affiches blanches, bordées de lignes noires, collées de travers sur les murs et qui proclament des décrets religieux.

« Couvre-toi, impudique. »

Pour eux, aussi, je reste une intruse.

Jérusalem ne mène à rien. Les pierres ne disent mot. Le ciel se tait, splendidement. Les hommes s'agitent dans la poussière âcre, mangent goulûment, oublient de rire, s'évertuent à blasphémer contre la mort, mais leurs paroles naissent mutilées. Et la mort passe, royale, et la mort fauche les jeunes gens. On les porte en terre dans la révolte des mères qui sombrent lentement dans une folie extatique. Elles mettent des foulards sur leur crâne ou renient Dieu, mais le résultat est le même au fond. J'en ai vu qui se jettent éperdument sous les roues des voitures, sauvées par un coup de frein brutal, se relevant distraitement pour recommencer ailleurs, provoquant le destin et maudissant le jour de leur naissance. Certaines se contentent de gravir une marche d'escalier, et là, grotesques et émouvantes, battent longuement des bras, prêtes à s'envoler.

Les pères endeuillés laissent simplement leurs cheveux blanchir et leurs épaules se voûter, vieux d'avoir dû lire le Kaddich [1] sur la sépulture de leur fils.

Là-bas, loin, cachée derrière les collines, abritée par des immeubles qui tournent autour d'elle en colimaçon, la maison de mes parents. Par temps frais, quand le soleil est masqué par les nuages, on peut s'amuser à remonter la route qui, après Talpiot, conduit à Bethléem puis à Hébron. La terre jaune craque et se fendille sous une couche de poussière rougeâtre. Des murets s'éboulent pierre à pierre avec des coulées de plâtre. Et les oliviers commencent à ployer sous le poids des fruits. C'est de là que je suis partie pour retourner en France. Là où s'achèvent mes errances quand le cœur rompu de nostalgie, la tête emplie d'images troubles, je reviens m'engluer dans la tendresse de ma mère et la rancœur de mon père.

Loin là-bas, on célèbre le troisième jour du deuil de ma grand-mère, et les chaussures sont

---

1. Kaddich : prière des morts.

disposées côte à côte sur le palier, le cuir exténué.

Dans la salle à manger occupée par les vieillards, la lumière joue sur les crânes chauves et les pieds déchaussés. Ils se redressent avec effort, une main sur leurs reins pour courir vers les toilettes. Ils inondent le sol d'un jet d'urine et c'est ma mère qui éponge leurs maladresses. Elle verse des litres d'eau de Javel dans la cuvette, mais l'odeur persiste, musquée, écœurante. Elle vient la nuit hanter mes narines et je me réveille en sursaut pour écouter les ronflements des invités. Le rayon blafard de la lune éclaire cruellement leurs masses allongées tête-bêche sur les matelas. Dans la cuisine, des verres à eau éparpillés sur la desserte contiennent leurs dentiers jaunes, mâchoires séparées.

Immobiles, prisonniers dans le réseau serré des ronces, leur cordon de barbelés, les oliviers jalonnent les bas-côtés de la route. Les policiers avaient retrouvé ici, empalé sur une souche, le corps violé d'une soldate blonde dont les cheveux dénoués par la lutte se levaient sous le vent comme des épis. Son arme avait disparu, emportée par les meurtriers. Sa bouche était pleine de cette terre qu'on lui avait appris à défendre au cours des mois de manœuvres. Une tombe blanche, lisse, dépourvue d'épitaphe, a été érigée par sa famille. Mais souvent, des campeurs ignorants qui font halte dans le coin, éblouis par la beauté du site, à deux mètres de la tombe, découpent des tomates juteuses et des poivrons dans des saladiers et parlent de la vie.

Quand je pousse la porte de la maison, les vieux sursautent et ensemble ils lèvent la tête vers moi avec des yeux étranges comme s'ils craignaient que je ne sois leur mort. A l'angle de la pièce, roulé en boule dans son pyjama, mon père prie.

Ma mère débouche de la cuisine, s'essuyant les mains dans un torchon.

« C'est toi ma chérie ? Je commençais à me faire du mauvais sang. »

Du sang mauvais qui tourne au vinaigre. Safta aurait été satisfaite devant les gens entassés dans le salon, témoins de sa dernière sortie, la plus théâtrale. Ils sont tous là, fidèles au rendez-vous, hachant par le menu les prières rituelles, chantant des psaumes de leurs voix éraillées, jouant des solos repris à tour de rôle. On lui offre des funérailles royales et durant sept jours le cri du monde n'a pas le droit de franchir le seuil de la maison. Pour écouter les informations, ma mère et moi nous emparons d'un minuscule transistor et allons nous tapir comme deux gamines dans une pièce du fond.

« Baisse le son, chuchote ma mère. Tu vas encore irriter ton père !

— Penses-tu ! Les vieux sont sourds. Ils n'entendraient pas le son du canon. Quant à papa, quand on a deux fils au front, qui se battent Dieu sait où...

— Ma fille, tu ne comprendras jamais », soupire ma mère. Et elle se lève, cassée, va à petits pas vers sa cuisine préparer le dîner et étouffer dans les vapeurs des cuissons.

Je reste seule, avec sur mes genoux un transistor verbeux. Le lancer contre le mur de toutes mes forces et dévorer ses entrailles de fer et de plomb.

12.

Il m'attend debout, dans un tee-shirt à mailles noires qui laisse respirer la peau bronzée, habillé d'un pantalon blanc, chaussé de spartiates à lacets montants. Il est là, contre le mur d'une maison blonde de soleil, superbe, légèrement distant. Il est venu seul à ce rendez-vous avec une inconnue. Roger, retenu à sa frontière, l'avait prié par téléphone de me rencontrer. A moi, il avait dit persuasif :

« Écoute, laisse-toi faire! Je ne connais qu'un homme qui puisse t'aider. Henry a du cœur. Il comprendra ce deuil, la comédie jouée par les vieux...

– Je refuse d'être assistée...

– Alors va jusqu'au bout de ta propre destruction. Bravo! »

J'avais fini par accepter de mauvaise grâce. Mais dans un dernier sursaut de fierté, j'avais murmuré :

« Tu ne crois pas qu'il trouvera cette rencontre

pour le moins étrange? Il ne me connaît pas. Et tu ne seras même pas là! »

La ligne grésillait, se coupait comme si elle avait été l'objet d'un feu de mitraille. Il fallait répéter plusieurs fois chaque mot. Pourtant, Roger restait patient :

« Idiote!... Si j'avais pu être là, je ne l'aurais pas délégué... Je t'adore... Tu verras, il me rendra jaloux... »

Et il avait raccroché.

Derrière lui, la pierre du mur est brillante comme un miroir. Cette pierre de Judée, rêche au toucher, bombée de minuscules veines et qui saille en son milieu par un angle acéré. Quand on s'adosse contre elle, sa pointe vous entre dans la chair comme un os. Cette pierre posée par des ouvriers arabes qui, pour l'encastrer à d'autres, égalisent ses extrémités à petits coups de marteau. Ces pierres qui servent, les jours de manifestation, d'armes ultimes qu'ils lancent très haut vers le ciel pour qu'elles se fichent sur les casques des policiers et les blessent. Devant les murs de Jérusalem, on ne peut rester indifférent. En fermant très fort les yeux, ils s'élèvent encore et vous bouchent l'horizon.

« Excusez-moi, je suis en retard. »

Il croise et décroise les mains. Il grimace un sourire, les yeux un peu écarquillés. Le silence est si épais qu'il aspire la rumeur de la rue. Rompre ce charme et fuir... Il doit me croire folle.

« Alors c'est toi ? »

Il place sa main en visière sur le front pour se protéger du soleil. Indécis, il me détaille longuement et humecte ses lèvres de sa langue. Un morceau de chair reste prisonnier des dents. Il dit, en choisissant ses termes avec précaution, pressentant le danger :

« C'est drôle... Je ne t'imaginais pas ainsi... Je croyais... »

Je ris pour la seconde fois, comprenant qu'il fait gentiment allusion à l'aspect cocasse de mon visage trop maquillé où la sueur a creusé des rigoles sales. Devant ce barbouillage de couleurs, il hésite entre la peur et la pitié. Il opte pour le sarcasme.

« Tu connais bien Jérusalem ? Les femmes, ici, n'admettent aucun artifice sur leurs lèvres et leurs paupières... Certaines, même, se refusent à raser les poils de leurs jambes...

– Justement...

– Ah bon ? Une rebelle ? »

Il me guette, cherche à deviner ce qui se cache derrière le masque. La bêtise, le vide ? Ou seulement la tristesse ?

« Roger ? C'est " ton " ami ?

– Je n'ai jamais couché avec lui... mais c'est " mon " ami... »

Il sourit devant mon insolence. Il n'est pas beau. Son regard est doux, mais précis. Il vous déshabille, vous palpe avec le calme des hommes certains de leur charme. Du moins l'œil droit.

Car le gauche est aveugle, rendu opaque par une taie blanche qui recouvre la pupille.

Nous avons marché à pas lents vers la vieille ville. Il commence par se taire.

Puis à brûle-pourpoint :

« Tu n'es plus de Jérusalem, n'est-ce pas ?

– Non. Je suis ici pour l'été. Un été qui n'en finit pas... »

Il hoche la tête.

« Je vois... »

Devant la porte de Jaffa, il s'arrête, pose sa main sur mon bras et propose : « Cela ne t'ennuie pas si nous rebroussons chemin ? Vraiment, je n'ai pas le courage d'affronter la faune du souk... C'est déjà l'heure des touristes...

– Là où ailleurs... quelle importance... Depuis deux jours tous les lieux me paraissent insupportables...

– J'ai cru le deviner, en effet », rétorque-t-il. Il se glisse sur ma gauche, avec discrétion, pour mieux me regarder.

Je lui emboîte le pas sans courage, appliquée seulement à rester à sa hauteur, à marcher à son rythme. Il raconte son arrivée à Jérusalem, le choc devant cette ville qu'il imaginait plus belle, plus imposante. La déception des premiers jours. Puis l'émotion pour certaines teintes du ciel, pour les portes, les mosaïques, les anciennes cités exhumées par les archéologues.

« Ma passion pour cette ville s'est éveillée plus

tard, à mon insu, ajoute-t-il pensivement. J'ai retrouvé ici la lumière de Tlemcen, et dans de rares ruelles, la poésie de l'architecture arabe. Tu comprends ? »

Je fais signe que oui.

Nous avons fini par nous asseoir au Café de l'Horloge sur des chaises en fer-blanc, installées dans une rigole d'ombre. Il commande deux crèmes et deux gâteaux au chocolat. Son œil unique, qui s'attarde sur mes seins, m'écrase. Il résume son histoire en quelques mots. Il dit la fuite de sa famille au moment de l'Indépendance, quand il avait treize ans, à deux jours de la célébration de sa bar-mitsva[1], la débâcle de l'arrivée en France, les parents qui ont dû renoncer à la cérémonie.

« C'est sans doute pour cela que je suis devenu un parfait athée, note-t-il dans un sourire.

– Je suppose qu'il y a d'autres raisons...

– Il y a d'autres raisons », répète-t-il gravement.

Un couple bardé d'appareils photos prend place à la table voisine. L'homme, le visage figé d'ennui, feuillette le menu, tandis que sa femme d'une voix trop haute apostrophe le serveur.

« Je suis détaché ici pour deux ans par le CNRS. Je poursuis une étude politique de la région », achève Henry.

La femme s'est mise à crier sous l'œil placide

_____

1. Communion.

du serveur. Puis elle se lève en forçant son
compagnon à la suivre.

« Tu rêves ? reproche Henry.

– Pardon ! J'observais la scène. Ces deux-là... »

Je me suis brusquement troublée. Henry me
fixe intensément, le buste penché en avant, et
la table me semble plus étroite. Il pourrait
prendre ma bouche pour m'embrasser ou tendre
la main pour caresser mon cou. Chaque mouvement de mon corps devient périlleux car il
heurterait ou frôlerait le sien. Et mon briquet
caché dans sa paume, surgissant devant ma
cigarette, augmente mon malaise.

Il dit, subitement :

« Jérusalem éclipse la beauté de ses femmes.
On ne les remarque plus entre les ruelles. On
s'y sent seul jusqu'à l'amertume. »

Devant mon silence embarrassé, il reprend :

« Peut-être ai-je attendu jusqu'ici... quelqu'un... " la " femme... »

Je regrette soudain l'absence de Roger. Son
visage large, ses yeux tristes auraient donné un
autre tour à la conversation.

« Ah ? De qui rêvez-vous ? »

Il hausse les épaules pour avouer son impuis-
sance.

« Vous les femmes, vous nous donnez toutes,
les laides, les rebelles, les cruelles, le sentiment
d'une possible naissance... A chaque prémice du
désir, nous espérons follement vous posséder.

Mais vous nous laissez seuls face au désarroi...
– Désir... désarroi, dis-je un peu bêtement, quelquefois on croit aimer pour taire la solitude... »

Mais déjà, j'ai envie pour lui d'abattre mes digues. Et j'attends qu'il me revendique, qu'il me laisse vivre autour de lui, dans le désordre de ses papiers, de ses pensées. Dans ses rires.

Comme s'il m'avait entendu, il chuchote :

« Toi aussi tu partiras, malgré tes grands airs et ta figure peinte. »

Et il ajoute aussitôt :

« Je me demande si tu sais aimer. Si tu t'es donnée. Si tu n'es pas recroquevillée au fond de ta cachette de peur qu'on ne te trouve et que l'on te gobe. »

Je ne réponds pas. Je sais que ces phrases sont des pièges pour ferrer les poissons qui ont le vague à l'âme. Dans ces bouches-là, tout est mensonge. Mais ces bouches font les meilleurs amants, ceux qui vous rendent folles de douceur. Puis ils vous quittent, et l'on s'effrite comme des statues trop cuites d'amour.

A midi, les cloches d'une lointaine église sonnent à toute volée. Il se lève, se penche pour un dernier au revoir. Un mouvement mondain qui s'accompagne de la main posée sur le cœur. Il s'éloigne avec nonchalance, les fesses pincées et sa silhouette se découpe contre le bleu du ciel en noir et blanc. Je crie tardivement son nom. Il ne s'est pas retourné.

« Tu m'as retiré de la chair le désespoir comme une épine », écrivait Aragon.

L'homme borgne est parti depuis longtemps, mais l'accalmie dure encore. Cela ressemble à du rêve après l'orage, quand la terre lavée rend son parfum. A un petit bout de joie qui s'amorce. Le sentiment de ramper hors du goulet. De se délivrer imperceptiblement de la nasse. Car le cœur a sursauté. Affalée sur ma chaise, j'allonge les jambes, bombe le torse, ramasse mes cheveux en chignon. En quelques minutes, les rayons verticaux du soleil enflamment ma peau. Si j'avais pu, comme les serpents, me frotter entre deux pierres et arracher, par petites torsions, cet habit de douleur. Pleurer.

Les touristes ont envahi la place, et je me lève, en condamnant un œil du plat de la main. La ville se décadre brusquement, contrariée par cette vision réduite, contrôlée. Un pan de la rue s'éclipse dans le noir, vivant seulement par ses bruits, ses cris, ses odeurs. Qui es-tu ? D'où viens-tu ? Tu as le goût de mon attente, de cet homme que me rêvait Safta en arabe et en hébreu. Tu as le corps étroit, presque imprenable. Une sorte d'anguille lâchée sur la pierre. Un lézard de soleil. Je ne t'ai pas parlé des contes de l'aïeule, toi qui évoques les femmes sur un ton si médisant. Ses récits chantaient des

vierges parties à la recherche d'un mari et qui
le trouvaient dans les lieux les plus saugrenus :
l'une rencontrait son « Mektoub » au fond d'un
puits, l'autre à force de s'obstiner sur le seuil
d'un bijoutier finissait par lui faire répudier sa
légitime, qui, Dieu nous pardonne, était une
ogresse; la troisième jonglait avec des poires
dans un jardin et son habileté désarma l'élu,
une quatrième étendait du linge sur la terrasse
quand elle aperçut le fils du calife et jeta sur
lui son dévolu. Restait la cinquième, ma pré-
férée : elle n'hésita pas, la belle aux cheveux de
palissandre, à pénétrer dans la maison de
l'homme durant son absence, à goûter à ses
plats, à boire de son vin, puis vaincue par la
fatigue, à s'étendre sur son lit. C'est là qu'il la
trouva quand il rentra à la nuit, fourbu, et à ses
côtés, il s'allongea pour des épousailles. Safta
enchaînait sur Ruth la Moabite, qui partagea la
couche de Booz un soir de moisson, dans un
champ à moitié dépouillé de son blé. Les
femmes orientales ne se laissent pas ravir. Elles
séduisent l'homme. Sur leurs paumes, elles
versent l'huile d'olive, brillantine du cheveu.
Puis elles répandent leurs nattes détressées sur
leurs épaules. Quand elles se savent prêtes, elles
avancent à coups de reins, sensuelles et lascives
vers l'époux. Et lui, dans son émerveillement,
se plaît à croire qu'il a exigé la femme.

Ce même soir, le téléphone sonne. Ma mère

décroche. Après un silence, elle dit d'une voix polie, celle qu'elle prend quand un homme m'appelle :

« Ne quittez pas, je vous la passe. »

Elle recule pour assister à la conversation, mais avec discrétion.

« Bonsoir, c'est Henry. C'est bête. J'ai oublié de te demander... J'aimerais t'inviter à dîner demain soir. Tu es d'accord? »

J'ai répondu « oui » d'une voix blanche.

« Alors devant le King David à huit heures? »

Il s'est hâté de raccrocher. Je me suis laissée aller contre le mur, un rire joyeux aux lèvres. Pour un peu, j'aurais embrassé les vieux qui m'observaient, scandalisés.

Mavrika n'avait aimé qu'un homme. Lorsqu'il avait commencé à manifester les premiers signes de la démence, elle avait tu son malheur à ses voisins. Si elle devait sortir, elle l'attachait à une chaise, bâillonnait sa bouche pour étouffer ses cris. Mais un jour, les infirmiers sont entrés pour traîner Isaac dans l'asile de Talbia. Elle se donnait aux hommes en pensant au fou, persuadée qu'un jour il guérirait et qu'il lui reviendrait avec son sourire d'autrefois et ses doigts qui savaient aimer. Jadis, quand elle dansait chez Abou Christo pour stimuler les béatitudes des fumeurs de narguilé, elle m'avait dit que la passion était une épreuve insurmontable. Elle croyait qu'en offrant la jouissance, elle se rapprochait de l'homme interné. Talbia. Elle prononçait le nom de l'asile en fermant à demi les paupières comme si des clous lui entraient dans le corps. Elle prétendait que le sperme la purifiait. Mavrika ressemble à cette femme impénétrable que traquent depuis vingt siècles les cabalistes et les talmudistes. Drapée de noir, le visage dissimulé, elle s'introduit dans les fortins les plus défendus, grelotte devant les sépharim [1], s'oublie devant les disciples qui gémissent leurs prières, se donne sur les chemins de ronde aux soldats barbus. En hébreu, on l'appelle la Shehina. La Présence.

Mavrika est le verrou de Jérusalem. Elle taillade la ville de son rire aigu, le rire d'une femme éperdue d'amour pour un fou qui ne se souvient sans doute plus d'elle. Quand elle allait lui rendre visite, il la regardait, les pupilles dilatées de fureur. Mais elle, elle l'excusait. Elle disait : « Il a vécu des heures atroces. Il n'a pas supporté le sang versé, les copains disparus..., la violence. Il a seulement oublié qu'il m'abandonnait à l'arrière, démolie. »

Les médecins la laissaient espérer. Mais Mavrika dansait de plus en plus lourdement chez Abou Christo. Peut-être traînait-elle comme

---

1. Livres.

moi, pareilles à des boulets autour de ses chevilles, les insultes des vieillards qui l'accusaient
de trop de légèreté? C'est à cette époque-là
qu'elle a disparu de la ville, nous laissant son
dément en gage.

Mavrika. Dans ses yeux charbonneux, se lisait
l'insomnie. Elle était de cette Jérusalem que
désavouent les rabbins et les chantres, les curés
et les imams. De cette ville nocturne qui se
redresse lorsque les devantures de fer des magasins font comme des paupières aveugles et grises
aux ruelles. Elle rejoignait alors d'autres Mavrika
dans des cafés obscurs où des lampes nues,
suspendues à des fils électriques, mordaient à
peine l'ombre. On y sentait l'alcool, l'opium, la
femme. Des garçons discrets officiaient, rem-
plissant à mesure les narguilés d'eau et de kif.
Quelquefois, l'un des hommes allongés jurait
« Allah! » ou « Adonaï » et les putains courbaient
la nuque comme dans un temple. Mais c'était
encore une Jérusalem sanctifiée qui vibrait,
tandis que dans le désert on apprenait aux soldats
à avancer silencieusement de crête en crête sans
déplacer une pierre, à manier la culasse du fusil,
à tirer dans le noir sur une cible, à vivre sans
soif, sans faim, sans chair, sans râle. De l'autre
côté de la frontière, d'autres soldats vêtus d'autres
uniformes s'entraînaient à tuer ceux qui dans
le désert apprenaient à les tuer.

13.

On construit sa vie sur des choses que l'on tait. Avec ce cynisme des gens encore en vie, on éprouve une peine vague à chaque communiqué qui précise, heure par heure, l'état de guerre. Deux morts, trois blessés ou trois morts, deux blessés, les chiffres restent abstraits. Seuls les noms des hommes qui sont tombés inquiètent un peu. Frères, amis? Non, pas même le fils du voisin. L'œil s'attendrit. Le soupir part seul, mais déjà on sifflote avec l'inconscience formidable de ceux qui se sont résignés à l'alerte, à la peur. Un sursis de plus. Une nouvelle chance. Toute une génération qui a accepté de limiter la notion d'avenir à l'idée de demain. Fous de désir, les jeunes adolescents sur les plages, qui n'ignorent rien de la précarité, entrent dans l'eau glacée, s'ébrouent, flirtent, et attendent comme leurs aînés l'appel de Tsahal. L'amnésie est contagieuse. Tout le pays trépigne, mange, jouit. Le vieux réflexe du survivant, la lutte âpre, terrible pour gagner un délai sur la mort, s'est transmis avec simplicité. Des jeeps sautent sur des mines, un immeuble percé d'obus s'effondre, une femme âgée rôde dans une rue détruite. On avance. C'est proche, mais c'est loin aussi. C'est presque un cauchemar, un mauvais songe dont forcément on va se réveiller.

Dehors, le jardinier arabe plante de jeunes oliviers dans une allée. Et ses mains agiles étalent correctement les racines dans le trou creusé à la profondeur exacte. Quelques cailloux tassent la terre et maintiennent droit le plant. L'espoir existe dans cet acharnement à refuser le néant.

« Baisse les stores, demande mon père à voix basse. La lumière aveugle tes oncles et tes tantes. »

Les vieux hochent la tête avec reconnaissance. Mes pensées leur sembleraient absurdes, inutiles. Leurs mâchoires ruminent sans répit, tournent à vide avec des bruits de succion. Ils toussent, crachent, pètent sans vergogne, tordus en deux par un tiraillement de la jambe, de la nuque, du torse. Les grabataires reniflent, les boiteux, les fourbus, les diabétiques et les plus que charnus halètent dans un concert parfaitement synchronisé. Je bats en retraite, me cogne à chaque coin de meuble, à chaque angle des murs.

Claquemurée dans la salle de bains, devant le miroir piqué de chiures de dentifrice, je me compose avec des verts, des bleus, des rouges et des noirs, une expression de clown. J'étale les pâtes en fredonnant, bleu-vert sur les paupières et sur les cernes, rouge sanglant sur les joues et le front. A chacun ses armes pour exorciser la mort, conjurer la souffrance. Les vieux, par-dessus leurs livres, battent le tam-tam des tribus. Moi, je choisis les ornements, le génie du maquillage. Haine de la lucidité. Il n'y a pas de salut dans la religion. Je laisserai mes dibbouks [1] me diriger, me soumettre, me précipiter vers les lieux les plus maudits de la bestialité. Je me sens pleine à craquer d'un passé qui refuse de se déverser, d'un présent lié à la guerre, d'un destin incertain.

Quand enfin, le masque reflète la tête d'une cinglée, je sors de la salle de bains. Mon père, en m'apercevant, crie : « Oh! » Les vieux, myopes, à demi aveugles, répètent « oh! » mus par l'alarme donnée par mon père.

Derrière moi, perfide, je claque la porte sur un « Chalom » tonitruant, dévale l'escalier, adresse un signe à l'ouvrier arabe abasourdi qui laisse choir l'olivier.

Je veux retrouver Mavrika!

---

1. Sortilèges.

Il avait voulu avoir le ciel au-dessus de nos têtes, ce ciel de Jérusalem qui certains soirs devient un dôme noir où des millions d'étoiles crépitent. Nous avons été placés par le serveur à l'unique table dressée sous la tonnelle. A l'intérieur du restaurant, derrière les lourdes tentures en damas bleu, quelques couples dînent à la lueur des chandeliers, et leurs rires nous parviennent, sonores, lorsque le serveur ouvre la porte pour venir changer les plats.

Henry parle de politique depuis deux heures. Et le mouvement de sa bouche me fascine car les lèvres, trop lourdes, ne se desserrent pas. A peine remarque-t-on, lorsqu'il sourit, une dent plate, légèrement ébréchée. Sa main baguée d'un diamant tourne avec délicatesse la fourchette dans le plat de spaghettis qui s'enroulent mollement. Il mange avec des grâces de coquette et je fais des vœux pour qu'une goutte de sauce tache son pantalon ou étoile sa chemise. Assis de biais, une jambe sur l'autre, le coude sur la table, il semble vouloir atténuer par sa désinvolture la gravité de ses propos où la guerre revient, lancinante.

Le vent fait tourner la cendre dans le cendrier de cristal. Des particules volent, se posent sur le pain, sur la viande, sur nos bras.

Sous ses yeux qui me scrutent, je déglutis avec difficulté.

« Pourquoi me regardes-tu ainsi?

– Tu es très belle... Tes jambes, ta taille, ton cou... Même ton visage, malgré ce masque, ces couleurs trop...

– Tu veux que je parte ?

– Je connais peu de femmes qui acceptent de s'enlaidir ou qui montrent leur détresse... Je t'admire d'oser... »

Il sourit, le regard tendre, enjôleur. Dans le clair-obscur de la tonnelle, sous le pinceau jaune des spots, la cataracte devient moins voyante. Il nous verse à boire avec son élégance exaspérante, le goulot ne tinte pas contre les verres, la bouteille, lorsqu'il la repose, ne heurte pas la salière ou le panier à pain. Chaque objet retrouve sa place en silence.

« Fais-moi confiance... Tu me prends pour un séducteur, mais ce sont toujours les femmes qui me quittent. »

Il n'y avait pas à lui demander d'explication sur ces ruptures. J'aurais fait comme elles. Il était de ces hommes qui raréfient l'atmosphère jusqu'à l'essoufflement.

« Tu trembles ? As-tu froid ? »

Et d'un bond souple, il se lève, m'habille les épaules de sa veste, m'effleurant la nuque de ses mains. Derrière moi, je le devine qui s'égaye des frissons qui parcourent ma peau.

« Merci », dis-je d'une voix altérée.

Il retourne à sa place, choisit un cigarillo, supplie gentiment :

« Parle-moi d'elle...

– De Safta? Je ne peux pas. Il est encore trop tôt. C'est de l'exil que je porte le deuil. L'exil qui est mort avec elle!

– Moi, je suis persuadé que tout, dans tes mots, dans ton comportement perpétuera cet exil. Tu es une femme de valises, de brosse à dents dans un sac, de petit slip caché au fond d'une poche.

– Tu ne comprends pas. Le temps va effacer le parfum de ses épices, de ses chants. J'ai peur...

– C'est drôle, tu es folle... J'ai envie de te dire... Je ne te connais pas... J'ai envie d'ouvrir les bras, de te protéger...

– J'ai besoin d'un café! dis-je désarçonnée.

– De t'aimer... », poursuit-il en fermant sa main sur la mienne.

Et ses yeux ont pris la profondeur du ciel.

A l'intérieur du restaurant, les chandeliers se sont éteints les uns après les autres. Les couples surgissent, la démarche lourde, le bras de l'homme appuyé sur les reins de la femme. Ils s'éloignent en faisant crisser le gravier de l'allée sous leurs sandales.

« Ce café? reprend Henry après un silence. Je te l'offre chez moi? »

J'ai répliqué non, en baissant les yeux. Alors il a appelé le garçon.

Il m'entraîne par les venelles de la vieille ville. Le silence, ici, se fait impressionnant. Pas un pleur d'enfant ne vient troubler le calme des maisons recroquevillées sur la nuit. Sur la glace dépolie des magasins, j'accroche quelquefois le reflet fugitif de notre couple et l'effet est comique, lui tourné vers moi pour deviner mes sentiments, moi traînante, comme si je marchais dans la vase.

Des soldats en armes arpentent le quartier sur des semelles de crêpe, ombres plus fortes que les ombres. A notre approche, ils se figent, un doigt sur la gâchette, et nous regardent d'un air méfiant. Puis dans un soubresaut, ils nous laissent passer avec un rictus qui indique leur tension.

Un taxi en maraude qui rentre vers les territoires occupés a accepté de me déposer chez moi.

En ouvrant la portière, Henry lance, les yeux durs :

« Pourquoi me contrains-tu à obéir à la loi de ton père ? Pourquoi me laisses-tu seul dans toute cette nuit ? »

Le chauffeur grogne sans me laisser le temps de répondre :

« Allez homme ! Quitte-la ! Je suis pressé. »

Tout au long du trajet, il maudit l'insécurité qui sévit désormais sur les collines, le terrorisme des gars de Bethléem qui imitent les Palestiniens en plaçant des bombes sur les marchés ou dans les autobus.

« Ils ont perdu la tête à écouter des chimères. Ils abritent des gens du Fath qui les encouragent à la violence. Ah! Nos soldats font du bon travail! Ils vont nous nettoyer de cette racaille! »

La lune éclaire la tombe de la soldate. Dans le noir des taillis, le marbre fait comme une flaque d'eau limpide.

L'homme parle encore de la guerre en freinant devant chez moi. Crânement, il refuse l'argent que je lui tends pour prix de sa course, en clignant de l'œil.

« J'ai rendu service à une femme juive! Dieu me le rendra! »

J'ai jeté le billet dans le caniveau, quand la voiture s'est éloignée.

14.

« Tiens, tu as reçu une lettre ce matin », dit
ma mère en m'adressant un regard équivoque,
ses doigts pianotant à quelques centimètres de
l'épaisse enveloppe bordée de stries rouges et
bleues, envoyée en exprès par Bernard. Elle
cachait mal l'envie d'en connaître le contenu et
elle se troublait devant les jambages nerveux et
minuscules de l'écriture comme si elle s'était
trouvée face à face avec un fiancé.

« Merci, Ma, dis-je en pliant la lettre pour la
glisser dans ma poche.

– Comment, tu ne l'ouvres pas ? demande-
t-elle décontenancée.

– Non. »

Elle crut à de la pudeur, peut-être même à
de la retenue et je l'aurais navrée en lui expli-
quant qu'il ne s'agissait que d'indifférence. Je
me moquais bien de savoir quelle exposition on
donnait à Beaubourg pour divertir les rares

Parisiens restés à la capitale, la météo ou les
plaisirs que Bernard avait su prendre.

Le dernier soir avant mon départ, il m'avait
dit, mi-figue mi-raisin :

« Israël, c'est l'objet du délit pour chaque Juif.
Chaque été nous n'avons qu'une hâte, vérifier
si le corps n'a pas rendu l'âme. Et chaque année
nous revenons piteux, avec un démenti. Nous
devrions être poursuivis pour préméditation de
meurtre! »

Je n'ai qu'à me retourner légèrement pour
vérifier sa remarque. Au commencement de
cette nouvelle journée, les vieillards remuent
dans un grouillement lent, fébrile, sur les matelas. L'un réclame sa pommade. L'autre ses
gouttes. Le troisième ses comprimés. Le quatrième son sirop contre la toux. Le cœur, le
foie, la rate doublent de volume, les genoux
s'arquent, le cou se paralyse, les vertèbres se
fissurent, l'œil suinte du pus, mais ils survivront
à l'été.

Ma mère circule entre les rangs : « Sbah el
Hir [1]! » Elle apporte un verre d'eau, soulève une
paupière entre deux doigts pour verser au
compte-gouttes une solution blanche, masse une
jambe. Et c'est à qui la bénira le plus bruyam-
ment.

« Tu as raison, Ma! dis-je quand elle me

---

1. Bonjour!

rejoint dans la cuisine. Soigne-les! Évitons que l'un d'eux crève chez nous. On serait bons pour une nouvelle épopée de larmes!

– Tais-toi », siffle-t-elle entre ses dents.

Mais je ne lâche pas.

« Non! Nous n'avons jamais autant prié ici. J'aurais dû prévenir une équipe de télévision. Nous sommes sans doute l'une des dernières familles juives du monde à observer rigoureusement ce rituel. C'est un document social pour la postérité. »

Elle attire la bassine d'étain calmement, y vide deux kilos de farine, lance une poignée de sel, arrose le tout d'un demi-broc d'eau. Elle plonge sa main dans la préparation, malaxe, pétrit du bout des doigts, écrase les grumeaux.

« Tu n'aimes que les conflits...

– Je n'aime que la beauté! La gaieté! De jour en jour je me sens perdue. Je ne me comprends plus. Je me vide. Regarde-moi, je me détraque. Il m'arrive de confondre, de croire que c'est sur Israël que l'on pleure, que l'on se lamente... Il m'arrive d'oublier que c'est sur la disparition d'une femme âgée qui est morte assouvie, que des gens sont là depuis cinq jours à prier, à me critiquer, à t'épuiser de travail...

– Sur Israël, mais tu es folle!

– C'est le pays qui est malade... Limé, râpé,

usé jusqu'à la corde... Un pays en guenilles avec des imbéciles au pouvoir!

– Ma fille...

– Tu ne peux pas comprendre bien sûr. Dieu a dit dans la Bible : faites la guerre, hein? Et si des gosses meurent, c'est le Mektoub, n'est-ce pas? Oh, j'ai besoin d'autre chose... Je vous déteste tous, tu m'entends? »

Elle m'écoute effarée, la tête secouée de tremblements, et lentement, trop lentement, comme dans un ralenti, elle tire à elle un tabouret, de sa main palmée de pâte, s'y effondre, pleure silencieusement, le poing fourré dans sa bouche pour taire ses cris.

« Ma, excuse-moi... Je m'emporte...

– Tu me tues, ma fille... Tu creuses, tu creuses, tu m'enlèves mon courage... Tu creuses, tu creuses...

– Ma, je t'en prie...

– J'ai raté ma vie avec toi, avec ton père... »

Je l'embrasse, mais elle penche davantage la nuque et des larmes salées gouttent sur la pâte dans la bassine.

Je m'enferme encore dans la salle de bains, entre le lit profond de la baignoire et le lavabo. Comme la femme sans âge du quartier de Bakaa, qui un matin s'est assise au beau milieu d'un terrain vague, non loin des rails du chemin de fer, avec un attirail de boîtes en plastique d'inégales grandeurs. Elle s'était mise à remplir une boîte de sable pour la transvaser dans une deuxième puis une troisième, avec des yeux passifs, invalides. Elle se dépêchait mais accomplissait ces gestes futiles avec une étrange concentration. Et son visage clamait que le but n'existait pas. Avec qui trichait-elle ? De quel malheur se défaisait-elle, cuisses écartées sur la terre, puisant pour les vider ces boîtes qui traçaient encore les mots « sucre » et « café » ?

La femme absorbée par son travail méthodique n'avait prêté aucune attention au car de flics qui avait freiné en crissant. Elle s'était laissé emmener sans se défendre, les yeux éteints et les pieds lourds. Mais le lendemain quand ils l'eurent relâchée, elle n'avait pas renoncé. Elle était revenue s'installer devant ses boîtes pour terminer son jeu morne. Les voisins avaient fini par s'habituer, et même quelquefois, ils vous offraient une explication qui valait ce qu'elle valait. Ils chuchotaient : « La pauvre, c'est son fils. Maintenant, elle mesure le temps qui la sépare de lui. » La femme restait obstinément muette. Des gamins au début lui jouèrent des tours atroces pour l'entendre crier, c'est vrai que la douleur est plus supportable lorsqu'elle s'entend ; des paris s'engagèrent sur sa tête, on lui volait ses boîtes, la femme écoulait le sable d'une main à l'autre, les yeux toujours gelés ; ils utilisèrent l'astuce, taquinant ses fesses avec de longs bâtons, elle subissait sans geindre. Alors, effrayés par l'indicible, ils se sont écartés. Elle est morte de faim sur le terrain vague, devant les rails du chemin de fer, le dernier tronçon de son parcours.

Et moi, de quelle folie serais-je frappée? Quelle malédiction biblique allait fondre sur moi? Oui, pour être juive, je l'étais. Les yeux trop noirs, la paupière bistre, la joue cuivrée – olivâtre aurait dit ma mère – et la bouche trop grande, vorace, avec la lèvre inférieure qui ressemble à un plateau. Comment allais-je me peindre, me dépeindre, en putain de basse-cour, en statue pharaonique, en guidon de vélo, en négresse ou en rescapée de Dachau, visage rayé blanc et noir et numéro gravé sur le front? Tatouée pour tatouée, j'essayerai l'arabesque fine des berbères qui s'incisent le menton au bieu indélébile.

Mais d'abord effaçons les traces de toute judéité, au risque de baisser les yeux devant le portrait de Saba, royal dans sa gandoura, le kabouch légèrement de travers comme un diadème. D'ailleurs le cliché datait d'avant la France, avant que lui aussi ne se déleste en un tour de main de toutes ses parures. L'exil goy l'avait métamorphosé? Moi, c'était l'exil hébraïque qui me transformait.

Je savoure le résultat. Du front jusqu'aux narines, la mer, sans une vague; la bouche rouge la boit, la bouche qui s'empare d'elle sans la tarir, la bouche qui s'oppose à l'avènement du désert qui débute au menton et chute jusqu'au cou.

Ma mère tambourine contre la porte.

« Ouvre, ma fille, tu me tues... Ça fait une heure que tu es là! Ouvre-moi s'il te plaît... »

C'est l'armoire à pharmacie qui contient encore leurs drogues douces de France qu'elle redoute. Les tubes de Valium, de Tranxène et les cachets juifs aux noms latins hébraïsés, garés dans leurs boîtes de carton qui vous procurent des étourdissements délicieux, des trous dans la mémoire. Plus efficaces que ce vin dont raffolait Saba.

J'ouvre la porte, la toise, déclame froidement tandis qu'elle recule, aspirant l'air à grandes goulées.

« Ta fille a ta beauté, ya lala! Mais les cartes lui prédisent un mauvais avenir... »

« Où vas-tu? » dit-elle en empoignant le dos de ma robe.

Sans me retourner, je réponds très lasse :

« A Jérusalem. Dans Jérusalem. C'est le seul dédale qui vaille la peine. Lâche-moi, s'il te plaît. Je ne me ferai aucun mal. »

La radio de Maud s'égosille. De marche en marche me parviennent les nouvelles de la terreur : « Cinq morts... voiture piégée... Tsahal a riposté immédiatement... revenus sans encombre! » Et je me souviens de cette nuit où Mavrika avait vomi contre le tronc d'un olivier quand elle avait vu deux hommes pris de boisson s'étriper au couteau.

Dans le soleil, je m'arrête. Henry bavarde avec l'ouvrier arabe. Les paupières plissées, il l'écoute lui parler de cette terre. Depuis combien de temps est-il là, en bas de chez moi, à me guetter dans cette fournaise? L'Arabe, pour une fois volubile, écarte les mains, désignant tour à tour le ciel, les arbres et les Juifs qui passent. Henry acquiesce d'un air sentencieux.

L'Arabe m'aperçoit, et, ignorant notre amitié, avoue discrètement à Henry hilare :

« Adé Maboula [1] », et son verdict s'accompagne d'un doigt posé sur la tempe.

Quand Henry nous a présentés, le garçon s'est renfrogné. Il s'est senti trahi. Ramassant dignement les anneaux de son tuyau, il a voulu aller arroser plus loin les arbres rabougris.

La main d'Henry se pose sur son épaule, l'arrête :

« Elle joue dans un film. Il dure sept jours, tu comprends? »

Sceptique, l'Arabe me dévisage et indique que non, décidément, il ne comprend pas, en secouant longuement la tête.

Nous avons avancé, Henry et moi, enlacés et silencieux jusqu'au supermarché en bas de la rue. Devant les voisines du quartier qui froncent

---

1. Elle est folle!

la bouche, dégoûtées, Henry, d'une voix forte, me fait des compliments sur mon visage.

« N'exagère pas... je sais que je suis inquiétante...

– Un peu... Pas autant que d'autres. Ta folie à toi est visible, j'en connais de plus redoutables...

– Tu es un homme rare mon cher.

– Pourtant, je souhaiterais te voir nue, dit-il avec un œil espiègle. Enfin, nue de ton fard. »

Nous avons pris l'autobus pour arriver plus vite chez lui. Les cahots nous projettent l'un sur l'autre, et ma main dans sa main est moite et glacée. La lettre fermée de Bernard gît au fond de ma poche. Elle craque doucement.

« A quoi penses-tu ? s'inquiète Henry.

– Au bonheur. »

Il accepte la réponse sans sourciller.

15.

La clef tourne. La porte s'ouvre sur un salon clair, meublé de rotin. La pièce semble ronde avec son plafond haut, en voûte, et ses murs sans arêtes qui s'incurvent. Par endroits, le plâtre trop épais forme des renflements. Sur la gauche, un divan de cuir blanc. Des étagères en bambou gondolées par le poids des livres. Un grand miroir au cadre ancien divise le mur de droite. Au sol, des tapis orientaux dans des laines pastel. Et dans des niches, des lumignons, des lampes tempête.

« Emmène-moi dans la salle de bains! Je veux laver mon visage.

– Pourquoi? Tu ressembles à une guerrière antique. D'ailleurs, je n'ai jamais goûté au maquillage des dames. C'est salé ou sucré sous la langue?

– Je ne joue plus, Henry. Je ne veux plus jouer. C'est trop dangereux.

– Si encore j'étais sûr de ça », murmure-t-il pensivement.

Il m'a nettoyé les joues au coton de couleur, des pastilles fuchsia, citron, azur, jolies, mais qui effaçaient mal le fard.

« Pourquoi souris-tu ?

– C'est toujours émouvant d'enlever un masque. De toucher la peau vraie, avec sa douceur et ses imperfections. »

Et, en me présentant le miroir :

« Tiens, regarde-toi ! Ici, un bouton, là un point noir. Trop de duvet sur la lèvre... J'ai enfin l'impression de t'atteindre. »

Il m'embrasse le front, les paupières. A tâtons, sans me lâcher, il recule vers la chambre. Sa langue a un goût de banane et d'algues humides qui me fait défaillir. Encouragé, il soulève d'une main ma robe pour caresser mes jambes, et défait de l'autre les bretelles du corsage. Il s'affaisse sur les genoux en m'entraînant, roule sur le ventre, allonge son bras et cherche le bouton du magnétophone. Tous les chants des mosquées déferlent dans la chambre. La voix d'une femme palestinienne s'élève, enrouée, dominant le gémissement du luth et le charivari des tambourins.

Effondré sur mes seins, il me dessine une mémoire, il m'éduque, me disloque. Hissé par mes cris, il s'enfonce. La chair devient tiède, clapotante.

Le plaisir débouche vers les plages où des petites filles raides, habillées de velours, lancent gauchement vers le ciel des ballons minuscules qui éclatent en vol. D'autres se laissent glisser le long des dunes et babillent des niaiseries.

Loin, derrière, comme peignée par nos souffles, la femme chante.

Sur nos corps, la sueur. De l'index, il trace un sillon. Il déplace une goutte. Il sourit. Il y a de la durée dans son sourire comme un mur qui s'élève pour arrêter le temps. Et le temps ne passe plus. Il y a des flaques de lumière sur le corps d'Henry. Elles se déplacent insensiblement sur le cou, une main, la rotule. Un nuage les boit. Elles reviennent sur une touffe de cheveux moites, sur un morceau de joue, isolant ce grain de chair de la chair tout entière. Il y a du mouvement dans un simple battement de paupières. Comme un ébranlement de l'espace. Un arrachement.

Sueur sur nos bouches. Comme des signes de paix.

Il se lève. Le dos est large. La cuisse légère, musclée. Debout, il ressemble à une statue avec le sexe dressé comme un harpon. Dans un vase au long col, il pique un bâton d'encens, gratte une allumette, embrase la tige.

Alors, enfin, j'ai fermé les yeux. Pour relire

ce moment déjà pulvérisé dans le passé, retrouver ce qui est déjà perdu et invisible, mais la lucarne du souvenir rétrécit à mesure, comme si elle résumait tout l'amour à un seul frisson.

De la cuisine, il revient avec deux verres d'arak, un bol de pistaches. Il s'accroupit.

« Tiens. »

Et je l'ai regardé boire et croquer les fruits.

Dans la pièce, peu à peu, il a fait noir. Mais on est restés là, sans bouger. Un harmonica joue le même fragment de musique, avec des notes tantôt fluides, tantôt saccadées. Des pas martèlent le marbre rose de la cour. La grille de l'immeuble grince. Un silence tissé des sons de la ruelle emplit la chambre.

« A quoi penses-tu ? »

Il rit et me mordille les lèvres. Et le temps à nouveau s'est ralenti. J'ai joué sur ses pieds, la langue entre ses orteils, un morceau de saxo. La plante est plate, rêche, striée de rides blanches. Un jour, forcément, il partira. C'est un homme qui ne connaît pas de territoires définis à la craie.

Plus tard, il prépare le repas. Œufs durs, taboulé, caviar d'aubergine.

« Tu aimes piquant ? »

Il évoque Tlemcen dans le salon chargé des vapeurs de l'encens. Il dit les hommes assoupis à l'heure de la sieste, le visage protégé par un journal, les joueurs de trictrac qui tuaient à coups de dés l'après-midi, la théière fumante installée sur une chaise qu'une femme remplaçait sur un claquement bref des doigts. Il dit son goût pour la musique orientale, le faste des fêtes quand les mâles deviennent fous devant les ventres des danseuses, les billets arrachés des poches, mouillés de salive, collés avec enthousiasme sur la poitrine des filles. Et le rabbin qui acceptait la scène.

Son ombre, assise en tailleur, géante sur le mur, danse au gré de la flamme du lumignon que le vent couche ou redresse.

« Toi aussi, tu es de ma race, une nomade. »

Il expose avec une ironie caustique les symptômes de l'exil, le désordre de la pensée, la nostalgie des images englouties. Sirupeuses, ajoute-t-il.

« C'est fragile, un homme qui n'a pas son assise. Un homme qui ne peut montrer un coin de rue, un coin de terre et dire avec simplicité : c'est ici que j'ai grandi. » Dès son arrivée en Israël, le Juif en lui avait cherché l'Arabe. Il s'était introduit dans quelques cercles palestiniens, étudiait la langue, déchiffrait le Coran.

« Je marche à reculons. Je piste des sons, des odeurs, des gestes familiers. Je tente de remonter l'échelle d'une tradition. Faire du nouveau l'ancien quand l'ancien est nouveau. C'est le paradoxe le plus affligeant pour des déracinés. Une existence en ellipse...

– Nous sommes la génération du folklore ?

– Oui... du folklore. Du ramasse-miettes. Il existe un tel clivage entre notre connaissance de l'Occident et notre penchant pour l'Orient ! Moi, chaque fois que j'entends parler arabe, je sursaute...

– Tu as trouvé des réponses parmi eux ?

– Non, dit-il avec indifférence. Ils crânent avec la parole comme les maos de 1968, ou ils lancent des bombes. Eux aussi cherchent une terre.

– Et les attentats ?

– Je ne sais pas... Je ne veux pas prendre parti... Devant les paysages de ce pays, je regrette parfois qu'ils soient habités. J'aimerais mettre la Judée sous une cloche de verre ou dans un musée. M'y promener comme dans le désert. Là où vivent des hommes, la notion d'infini s'estompe. »

Crissement continu d'une persienne que le vent ramène contre le mur avec obstination. Comme le balancier d'une horloge.

Cette fois Henry ne proteste pas. Il me raccompagne par les rues noires et vides jusqu'au tournant de Yemin Moshé où les ailes du moulin ne tournent plus depuis des années, fixées solidement aux pierres par des cordes. Dans le froid vif, il m'enlace et moi qui ne me suis sentie tenue par rien dans ma vie, il me semble voir les limites de ma liberté.

La porte à peine ouverte, reculée centimètre par centimètre pour atténuer le crissement des gonds, c'est mon père que j'ai vu, assis au fond du salon. Il m'attend comme par le passé, éveillé dans le noir, en tricot et slip de coton blanc trop larges, le visage blafard de lune, échoué sur ses genoux osseux. Il est là, posé sur son silence, les yeux comme des couteaux. Devant lui, sur la table en onyx, un réveil. Il bondit, débraillé, m'imposant sa chair flasque. Pourquoi si nu devant moi ? Pourquoi si laid soudain, poilu, vulnérable ? J'esquisse un sourire embarrassé, tente une retraite en rasant les murs, paupières closes.

A petites doses d'angoisse, d'insultes, j'avais vécu ma jeunesse. Seules la certitude d'avoir raison, l'intuition de l'amour, la connaissance du soleil et du vin m'ont donné le courage de lui tenir tête, de hurler contre lui, en bavant, en pleurant. Je le laissais dans l'ignorance de ma vie. Il s'arrangeait pour m'en inventer une autre dans le sperme et la débauche.

« D'où viens-tu ? Tu as vu l'heure ? »

Ma mère accourt, en chemise de nylon rose et courte, les deux mains en croix sur ses seins.

« Où étais-tu ?

– Laisse-moi passer, s'il te plaît. Nous en discuterons demain. Je suis fatiguée.

– Où étais-tu? martèle mon père. Il est trois heures du matin. Où? Tu habites chez moi. Tu me déshonores devant la famille. Même le deuil de ta grand-mère ne t'arrête pas! Tu ne respectes rien. Ni la vie, ni la mort.

– Écoute...

– Sept jours de recueillement pour honorer sa mort... C'est tout ce que l'on te demandait. Mais déjà, le premier jour... »

Il abat sa main. Ça ne brûle pas la joue, non, ça crée seulement un trou dans la tête comme une vrille qui trépane.

« Adonaï! Tu te balades habillée comme une putain. Tu vas, tu viens, comme dans un hôtel. Jamais un mot, jamais une explication. Mais qui es-tu? Un monstre? »

Ma mère s'interpose en arabe. Elle le pousse de ses seins, de ses bras ouverts.

Il se débat et rugit, de l'écume au coin des lèvres. Sous mes pieds, le sol devient mou. Des équilibres précaires s'effondrent pour me recouvrir toute. Ça vient de si haut. De si haut.

« Relève-toi, ma fille », crie ma mère.

Déjà mon père craque. Il pleure. Dans son slip et son tricot blanc. Pitoyable. Les cuisses tremblantes. Les poils hérissés. Il bafouille, le visage dans ses mains.

« C'est ton dernier été chez moi, à Jérusalem.

178

Tu iras où tu voudras... Chez tes amis, chez tes
amants... Mais tu ne mettras plus les pieds ici...
Entre nous, c'est une histoire impossible... Je te
renie... Tu es de mon sang, mais je te renie...

– Tais-toi, ne dis pas des choses irrémé-
diables », sanglote ma mère. Dans son nylon
rose, elle ressemble à une gravure. Elle ne sait
qui de nous deux secourir, va de mon père
écroulé dans son fauteuil vers moi qui me relève,
qui m'appuie contre le mur et allume une
cigarette. Elle va, maladroite, encombrée de sa
nudité et sur le nylon rose se dessinent les deux
aréoles brunes de ses seins.

« Maquillée, tu as vu comme elle sort maquillée ? Que dit-on de moi dans le quartier ? Et
d'elle ? Mais elle s'en fout... Elle s'en ira... Oh,
j'étouffe... »

Réveillés par le tumulte, les vieillards apeurés
geignent en arabe. Les plus valides se dressent,
une couverture jetée sur leurs épaules ou leur
crâne. Ils avancent à tâtons, leurs mains à plat
sur le mur. Leurs ongles trop longs raclent la
chaux. En bégayant, ils font cercle autour de
nous, et se dandinent, pétant, toussant, fantômes
blêmes et disgracieux.

« Il est malade ? interroge Ouarda. Donne-lui
un verre d'eau pour l'apaiser.

– Mets-lui une serviette mouillée sur le front,
conseille Jonas. Ses joues sont rouges comme
des potirons.

– Il a dû se frapper le visage, explique Esther d'une voix pointue.

– C'est encore sa fille, aboie Aliza. Tu n'as pas pitié, hein ? Tu cherches à le tuer ?

– C'est une ingrate », renchérit Avram. Et nul ne comprit pourquoi il se mit à rire.

Il n'y avait rien d'autre à faire qu'à attendre là, dans la pénombre, que l'émotion se calme. Chaque mot ajouterait une braise à cette incohérence.

Les yeux d'Aliza exigent une punition. Elle m'enverrait bien par les rues, en haillons, ligotée, me faire lapider.

« Une fille qui tourmente son père, cela ne s'est jamais vu », glapit-elle. Et elle tourne autour de son frère, lui masse les tempes, lui étend les jambes sur un fauteuil.

« Allons dormir », implore ma mère.

Personne n'a bougé. L'un après l'autre, nous avons attiré une chaise, et les yeux ouverts dans le noir, nous avons attendu l'aube, semblables à des voyageurs qui s'ignorent mais qui partagent les bancs d'une gare.

16.

Je n'ai plus le compte des jours et des nuits. Depuis combien de semaines, de mois, d'années, Safta est-elle morte? Et depuis sa mort, combien d'hommes sont tombés, fauchés par une balle ou déchiquetés par les éclats des bombes? Ma tête tinte comme un lit aux ressorts cassés sur lequel quelqu'un s'amuse à rebondir. Des avions passent dans le ciel en formation serrée. Ils volent si bas que les vitres tremblent.

Le matin nous a retrouvés dans des postures grotesques. Les vieux surtout semblent recrus. Sans nous regarder, la langue gonflée dans une bouche sèche, nous nous sommes résignés à recommencer à bouger, à vivre. Ma mère s'est baigné le visage à l'eau fraîche et aussitôt, elle a mis la bouilloire sur le feu pour préparer le café. Mon père s'est enroulé dans le talit [1] et

---

1. Châle de prière.

un peu de paix est descendue sur son visage. Cette paix qui vous gagne lorsqu'on accomplit un acte authentique.

J'ai allumé ma première cigarette de la journée.

Ma mère chuchote en me tendant le sucrier.

« Prends patience... C'est demain le dernier jour. Ton père retournera à son travail. Les vieux nous quitteront. Tu verras, tout passe.

– Ces scènes me brisent, Ma!

– Avoue que tu exagères. Tu aurais pu... Enlève un cadre sur le mur, il restera la marque. Alors la mort... »

Je l'ai fixée un long moment sans rien dire. Elle découpe du pain rassis en tranches fines pour les griller au four, et de l'épaule au poignet, son bras est rond et ferme. Les bracelets cognent l'un contre l'autre, brillants sous la lumière.

Soudain, d'un seul élan, j'ai pris son visage entre mes mains. Sous mes lèvres, la peau est tendre, si tendre que j'ai redouté sa mort. J'ai eu peur de la perdre avant de lui avoir dit que je l'aimais, qu'elle était belle. Belle avec sa taille forte, ses grandes jambes. Belle lorsqu'elle se penche et dévoile par l'échancrure de son corsage le pli profond, très haut des seins.

Elle tressaille, rougit, m'étreint. Mais ses yeux restent ceux d'une femme abusée.

Les avions repassent en grondant.

« Ils préparent peut-être quelque chose? Tu

as entendu hier ? Cinq morts. Que Dieu protège mes fils... Que Dieu protège les mères. »

Elle tournoie dans la cuisine comme une insensée.

« Ma, calme-toi. Tu ne veux pas sortir un moment avec moi ?

– Pour aller où ? Partout où je vais, mes fils me poursuivent.

– Ma, je t'emmène où tu veux. On peut descendre au souk, nous promener dans la vieille ville, manger une glace...

– De bon matin, une glace ? demande-t-elle en riant.

– Allez, habille-toi. On rentrera dans deux ou trois heures. »

Elle secoue la tête posément.

« Qui s'occupera de ton père et de sa famille ? Non, je ne peux pas. »

Elle est allée dans les chambres refaire les lits, balayer, aérer. Appelées par la chaleur, quelques mouches envahissent l'évier. J'ai éteint le four. L'odeur du roussi se répand dans l'appartement. Du salon, mon père crie : « Camille, il y a quelque chose qui brûle ! »

Je suis descendue à la vieille ville pour résister au désir de téléphoner à Henry. Dans les jardins de la mosquée, je me sentais proche de lui. Des femmes en tchador flânent dans les allées, à pas furtifs. Devant le bassin, des hommes nu-pieds procèdent aux ablutions rituelles. J'aime ce lieu. La paix des bancs de pierre qui longent des massifs verdoyants. Et ce minuscule minaret, comme un bibelot rare de sucre blanc que les fidèles contournent avec dévotion.

Ici, quelquefois, Mavrika venait rêver. Elle laissait sa main traîner dans l'eau du bassin et regardait le ciel. Isaac était déjà à Talbia. Elle disait qu'elle aurait aimé ne penser à rien, devenir ce banc, ce massif, un élément qui fasse partie intégrante du paysage, qu'on ne saurait enlever sans donner l'idée d'un manque.

D'une voix amère, elle constatait : « L'absence d'Isaac a fait de moi une femme hébétée. Des jours entiers, je n'ai pas su aller plus loin que mon tapis. S'ils n'étaient pas venus le chercher, j'aurais su le rendre à lui-même... et m'épargner. »

Elle apportait la note du Diable dans ces jardins. Le visage de Mavrika était mouvant. Tantôt il n'était plus que des yeux, tantôt une bouche énorme. Elle était le témoin ou le prophète. Parfois les deux. Là où elle marchait se levait l'émeute. Dans le sexe des hommes. Dans le cœur des femmes. Car elle était une putain d'abondance. Pourtant, ses mains étaient percées. Elle ne savait pas posséder. Sur ces mêmes allées, elle m'avait confié un jour :

« J'ai envie de voir la mer. On dit qu'elle est

immense et bleue. Mais j'ai peur, vois-tu, de la
trouver tarie en arrivant. »

En sortant des jardins de la mosquée, je croise
un groupe de religieuses vêtues de noir qui
bavardent avec animation en égrenant des cha-
pelets de buis. Dans la ruelle étroite, leur rang
se fend pour me céder passage. Plus loin des
soldats marchandent une aiguière de cuivre et
l'Arabe s'obstine à refuser leur prix.

« Non, dit l'Arabe d'une voix traînante. Tu
me voles!

— Allons... Ton bijou là a une éraflure... Le
cuivre a viré au gris!

— Non! » répète l'Arabe. Il croise ses mains
fortes sur son ventre, le sourcil froncé.

« Bon! Je monte, riposte le soldat enjoué.
400 livres pour toi. Allez, emballe-moi ça!

— Non! » décrète l'Arabe avec dédain. Et son
corps se cambre lentement avec insolence.

Les compagnons du soldat, las, le tirent par
la chemise, le conjurent de renoncer à l'aiguière,
lui signalent d'autres échoppes où on les servirait
avec promptitude.

Le soldat désappointé s'apprête à reposer
l'objet sur le plateau. Déjà, il se penche, et
dans ce mouvement, la mitraillette enfilée sur
l'épaule s'incline, glisse contre le dos auréolé
de sueur.

L'Arabe ne bronche pas. Seuls ses yeux bougent. Il dit d'une voix mesurée au soldat qui se relève :

« Tu n'as pas besoin de " ça ", toi qui vas mourir dans quelques jours au Liban. »

Saisi au collet, insulté, l'homme s'enfonce dans le magasin, poussé par les soldats. L'un d'eux, vingt ans à peine, tient en respect les voisins qui veulent intervenir.

« Restez où vous êtes. Ne bougez pas. Sinon, je tire! »

Galopade dans les ruelles. La police en uniforme beige écarte les badauds, ordonne aux marchands de rejoindre leur place, mais des sarcasmes fusent, des protestations montent, et un gosse lance des amandes et des raisins secs comme s'il jetait des pierres.

« Taisez-vous! Taisez-vous! Vérification de papiers. Rangez-vous contre le mur. Dépêchez-vous! »

Lancés au trot, des soldats débouchent de toutes les issues, cernent la ruelle. D'autres fouillent d'une main experte, des aisselles jusqu'aux chevilles, les hommes appuyés contre les devantures. Les rares touristes pris dans le filet se serrent frileusement les uns contre les autres.

Dans la boutique, l'Arabe garde son aplomb et observe, narquois, les soldats qui furètent entre les ballots de marchandises pour trouver d'éventuelles caches d'armes.

« Usurpateurs, maintient-il. Cassez, brisez,

Juifs, acharnez-vous. » On le fait taire. La ruelle
obéit à l'ordre des soldats, et les hommes lentement se dispersent avec des grimaces irritées
et des yeux pleins d'orgueil. Alors, seulement,
on fait sortir l'Arabe qui, très digne, jure entre
ses dents : « Kelbs [1], oueld el kelbs. »

Ce n'est pas la guerre. Pas encore la paix.
Des incidents éclatent un peu partout. A Jéricho, à Bethléem, dans les faubourgs d'Hébron,
à Gaza, à Ramallah. Il suffit d'un rien, un
mot déplacé, un regard haineux, un mot malen-
contreux, et l'on se saute à la gorge avec l'alibi
donné par la tension. On brûle des pneus, on
casse des vitres, on lance des pierres. Alors
durant deux heures, les soldats dressent des
barrages sur les routes et effectuent des
contrôles.

Pourtant des rumeurs circulent sur le prochain
retrait des troupes, mais les ordres ne viennent
pas. La télévision montre des soldats indécis qui
bronzent au nord, un brin d'herbe entre les
dents, ou récurent leurs armes avec des manies
de vieilles ménagères. Autour d'eux, des paysages d'un autre monde, avec un ciel qui ne
frémit pas, un vent qui ne se lève pas, des soleils
inlassables. Quelquefois quand les soldats devi-
nent qu'ils sont pris dans le champ de la caméra,

---

1. Kelb : chien, en arabe.

ils adressent des sourires et des signes à l'objectif, dans l'espoir qu'ils feront partie du montage du film et qu'ils seront aperçus par leur famille.

La faim m'a ramenée à la maison, le visage bouilli par le soleil. Triomphante, Aliza m'accueille le poing sur la hanche.

« Miracle, tu rentres tôt. La raclée d'hier t'a servi de leçon ? »

Derrière elle, ma mère louche pour m'adjurer de me taire. Mais déjà Judith, la sœur de Safta, intervient. Elle seule me procure un peu de paix. Elle est obèse, douce. Ses lèvres violettes sont froissées comme un œillet. Elle est souvent silencieuse, gênée par son dentier qui s'échappe et qu'elle doit rattraper avec des torsions de la bouche. Quand les vieux grognent, elle prend ma défense et s'insurge contre leurs calomnies.

« C'est une fille de soleil ! Pourquoi voudriez-vous qu'elle reste toute la journée auprès de vous ? Vous sentez la mort ! »

Elle rectifie aussitôt, tristement :

« Oui, nous sentons la mort ! »

Je croque une tomate, casse deux œufs dans la poêle.

« Henry a téléphoné, ronchonne ma mère. Il rappellera plus tard dans l'après-midi. »

Je crois que j'ai eu un éblouissement. La phrase reste comme suspendue, se répercutant follement à mes oreilles. Le blanc se coagule, le jaune d'œuf frissonne. Un bouquet de feuilles de menthe trempe dans un verre. Je sais maintenant que je resterai à Jérusalem. J'écrirai à Bernard. Une lettre nette, honnête. Je lui raconterai ma démence, ma fuite à travers la ville. Et Henry.

Quand j'ai repris conscience, ma mère poursuivait, anxieuse :

« Qui est cet homme ? Que te veut-il ? Tu ne vas pas faire de bêtises au moins ?

– N'aie pas peur Ma... il n'en sortira que du bien...

– Ah ? C'est donc avec lui que tu étais hier soir... Et cet homme à Paris ? Jusqu'à quand vas-tu aller de l'un à l'autre, dis-moi ? Tu n'auras pas pitié de toi ? De ton honneur ?

– Ma... »

Les œufs se durcissent et se figent dans la poêle. Au premier coup de fourchette, le jaune explosera. Le vertige est revenu pareil à un coup de matraque sur la nuque. Dehors deux semelles de bois claquent sur les pierres de la ruelle. Avec quels mots prévenir Bernard ? Que lui dire qui atténuerait sa souffrance, lui éviterait l'humiliation ?

« J'ai la nausée maman. Je n'arriverai pas à manger ces œufs.

– Tu n'as pas répondu...

– Évite-moi la scène d'hier soir... s'il te plaît...

– Tu vas sortir à nouveau dans cette fournaise ?

– Non.

– Alors, décide-t-elle, repasse-moi du linge. »

J'ai insisté pour installer la planche face aux vieillards. Ils lisent ou font semblant de lire. L'un s'épouille le crâne en renversant en arrière son kabouch, l'autre fouille ses testicules devenus encombrants, un autre somnole, agrippé à son livre comme à un passeport. Le fer écrase la toile, défroisse les plis, ralentit sur un col au rythme de mes pensées. Commencer par la fêlure. La folie. L'enlisement. Raconter le caquètement des vieux. La vie qui vole en éclats. La raison qui se décroche dans un carrousel d'images morbides. Oui, dirait Bernard, tout ça, c'est de la littérature. As-tu seulement pensé à moi qui t'attendais? As-tu cherché à m'appeler? Je plie, je boutonne, j'étale des mots, vides. Lui et moi, désormais, nous aurons des vies parallèles. Aliza s'applique avec un démêloir en ivoire jauni à coiffer ses cheveux rares. Ouarda confie à Esther qu'à Gabès, elle aurait pu prétendre à d'autres hommes que son mari, mais qu'elle s'était laissé prendre de peur de demeurer vieille fille. Esther opine. Esther qui est restée stérile. Ses mains mutilées par le fourneau et la lessive se tordent sur son estomac pour résister à l'envie de gratter son corps couvert d'un eczéma rose qui la dévore. Tous savaient que son mari jouait aux cartes et la trompait avec des filles en l'accusant les soirs d'ivresse de n'être qu'une « marmite inutile ». Dans sa terreur d'être répudiée, elle subissait l'outrage, les coups, acceptait même d'aller dormir par terre sur les tomettes de la cuisine, laissant l'ivrogne cuver son vin et son courroux. Le visage d'Esther a pris les contours d'une source tarie. Sa peau se craquelle sur le front et le nez. Ses joues molles et pâles se fendillent sous le réseau touffu des rides.

Ma mère m'apporte, par brassées, un linge sec et odorant. Serviettes, draps, chemises, pyjamas. Le fer patine. La pile s'élève, avec entre les fibres, les tangos de mes fantasmes. Jason l'Aveugle chante plus fort que les autres. Les prières sont pour lui un tâtonnement vers la lumière. Il mène le chœur, heureux, ses pupilles blanches tournées vers le plafond, tapant quelquefois dans ses mains pour stimuler les autres. Dans sa jeunesse, il était ferblantier. Chaque son du marteau le fait aujourd'hui sursauter. Il demande alors d'une voix terrible : « Qui frappe ? Que réparez-vous ? » Et il sonde nos réponses pour déceler le mensonge.

Seule Judith vit comme si la vie était courte. Je l'écoute parler à mon père avec la sagesse des femmes qui sont nées de la terre et n'ignorent pas qu'elles y retourneront un jour.

« Tu as eu une fille et deux fils, dit-elle. Et tu es malade d'orgueil. Regarde-la! Tu préférerais qu'elle soit bossue? Borgne? Boiteuse?

Tu cherches à l'emmurer vivante ? Elle court pour trouver l'homme de sa vie. C'est une tâche difficile. Ne sois pas un obstacle ! »

A moi, elle avait confié de ses mots de poète, dans son arabe du bled qu'elle mariait de couleurs et de rimes :

« Un Oriental est persuadé que la beauté appelle le vice. Le jour où tu lui nommeras ton amant, il s'apaisera car tu lui désigneras sa propre vieillesse qui s'avance. »

Mon père l'écoute, distrait. Mais il n'ose lui manifester de l'impatience. Il s'en délivre en revenant au texte et en feignant la concentration.

Oncle Jonas et Menahem, Bébert le Sourd, Avram le Cordonnier, Jason l'Aveugle et Judith, Ouarda, Camouna, Jacqueline, Esther. Eux morts, c'est un pan d'Israël qui tombera. Le pan le plus pathétique. Ils viennent d'un pays où durant des siècles, le juif a vécu en paix avec le musulman. Sous leurs paupières épaisses, gisent d'anciennes images de soleil, la respiration du puits, la niche du four à pain, la brouette qui raclait la terre et l'Arabe qui venait le samedi allumer leur feu. Ils se souviennent encore de son prénom, car c'est en Tunisie qu'ils ont vécu leurs plus beaux jours. Israël ne représente que ce sol trop sacré où ils sont venus mourir et qui rabattra sur eux la dalle d'une tombe.

Lorsque je m'absente de la pièce, ignorant mon ouïe fine, Jonas conseille à mon père :

« Marie-la! Marie-la vite!

– Oui, renchérit Menahem, rogne-lui les ailes comme à une poule.

– Ah, reprend Jonas. Le fils de Barouh qui habite Tibériade a reçu le grade de sergent à l'armée. Ta fille a besoin d'un joug. Ne la donne pas à un homme jeune, elle le broiera. Écoute mon avertissement!

– Pourquoi pas le fils de Titou, suggère Menahem. Il a obtenu une place de docker sur le port d'Ashdod. Sa paye est correcte, m'a-t-on dit. Sa main saura calmer la chair de ta fille. »

Mon père a remis sa vie entre les mains des vieux qui pissent de travers dans la cuvette, qui geignent en dormant et tuent ma mère à la tâche. Mais lorsqu'ils disparaîtront, un fragment de l'histoire juive s'éparpillera sur le sol, comme du sable. Va après, va retrouver les traces!

La sonnerie du téléphone a retenti vers six heures. Je n'ai pas bougé de ma place. La voix de mon père est devenue un filet chevrotant et il a déposé doucement son livre sur le matelas. Ma mère demeurait les bras ballants, une demande muette sur les lèvres. Au cinquième appel, j'ai décroché. Même les vieux se sont tus. On aurait pu skier pendant des heures sur ce silence intégral qui fixait chacun au garde-à-vous.

En détachant mes mots, les yeux plantés dans les yeux de mon père, j'ai dit :

« Je serai prête dans dix minutes. J'arrive dans une demi-heure. »

Alors, lentement, il a baissé la tête, désespéré.

Une robe de soie jaune, de l'or sur mes oreilles et autour de mon cou, les cheveux défaits, je m'éclipse. Ma mère me rattrape sur le palier, très pâle.

« Évite de rentrer trop tard, je t'en prie. Tu m'accules, ma fille, aux cris de ton père. Je ne les supporte plus. »

Je la repousse en l'embrassant. Elle a encore vieilli en six jours. Une ride s'est arrêtée au milieu du front, entre les deux sourcils. Je réalise qu'elle est captive, retenue par l'ancre colossale d'une bague à l'annulaire. Nous nous affrontons du regard. Dans le sien se terre, très profond, une lueur d'envie. Si elle avait pu, elle aurait eu aussi mes espoirs. Elle serait venue avec moi à la rencontre de l'homme à l'œil unique pour apprécier le choix de sa fille. Sa main rêche se pose sur ma tête pour une bénédiction maladroite. Dans un bruit de savates, elle est remontée vers la maison.

Il exige « embrasse-moi », les yeux fermés toujours, mais les lèvres entrouvertes, déjà prêtes à mordre, à sucer, à boire à ma bouche. J'ai beau me plaindre « tu abolis toute parole, raconte-moi plutôt, attends, laisse-moi te dire », il fait le sourd, se serre davantage contre moi et fait danser ses reins.

La foule est à ses prières sur l'esplanade du Temple. Elle s'approche dévotement du mur, plaque ses mains sur la pierre, s'agrippe aux anfractuosités et de pauvres billets blancs, où des vœux humains invitent Dieu à la miséricorde, pleuvent sur le sol. Un balayeur peu après les chassera d'un geste nonchalant vers les poubelles de la « Porte aux ordures ».

Plus loin des touristes vaquent dans les ruelles du Souk puis déambulent par les corridors de la Jérusalem antique. Ils se rapprochent béats des vestiges et des ruines hérodiennes avec ces mines gourmandes des gens qui en veulent pour leur argent. Ce soldat qui marche, qui les frôle, qui dans un instant disparaîtra, ne représente qu'un ornement, un symptôme d'exotisme. Est-il juif seulement, même s'il parle hébreu, porte la kipa [1] et ira se morfondre sur un poste frontière ? D'ailleurs, rien ici n'est juif, hormis peut-être la tristesse oppressante de la Ville.

« Viens plus près de moi encore, étouffe-moi d'amour », gémit Henry. Il avait mis des roses dans un vase, mais oublié de les baigner d'eau.

---

1. Calotte.

Elles se meurent en s'étiolant, leur tige courbée comme une crosse. Et il me semble, à observer ces fleurs tourner de plus en plus affaiblies en élargissant leur corolle pour se nourrir de leur propre suc, reconnaître ma fièvre épinglée par cette langue rêche qui lape ma peau.

Il reprend sa respiration, me dénoue les cheveux avec des gestes doux, se fait plus léger pour retarder l'instant du vertige.

« Il n'y a plus que toi et moi n'est-ce pas ? » murmure une voix que je n'oublierai pas et qui ressemble à la mienne.

Devant le mur, des mendiants confondent les chiffres et les bénédictions. Les yeux larmoyants, ils triomphent de toutes les avarices. Le vent de la nuit emporte leur délire.

17.

A cette odeur de cuisine amicale, familière qui est venue chatouiller mes narines, j'ai deviné que la période de deuil et de désolation allait s'achever. Ce parfum lourd d'aromates savamment orchestrés, accordés aux légumes, chante la vie. La fête. Le poivre rouge domine, entêtant ministre, mais affleurent aussi en sourdine menthe fraîchement coupée, cumin, safran, et la pointe subtile du Ras El Hanouth.

Le corps nu entortillé dans un drap ajusté en sari, l'œil encore vitreux, je me traîne vers la cuisine où derrière la porte montent des rires et des chuchotis de femmes. Elles sont cinq, ceintes d'un tablier, les cheveux relevés en chignon ou cachés par un foulard.

« Vous préparez une bar-mitsva ?

– Entre, tu as vu ta tenue ? grogne ma mère. Tes oncles pourraient te croiser dans les couloirs !

Vraiment tu cherches toutes les occasions pour te fâcher avec ton père!

– Bonjour quand même.

– Bonjour, bonjour... Grâce à Dieu, ce soir, la " semaine " de Safta se termine... Allez, installe-toi. »

Elle nettoie un coin de table, avance un tabouret, verse dans un verre rincé à la hâte, à peine essuyé d'un coup de torchon désinvolte, du café qui semble avoir bouilli.

Les autres femmes sont des cousines éloignées qui, de milas [1] en mariages, claquent des baisers sonores sur ma joue en me souhaitant l'amour. La première enfourne, la seconde bourre un boyau de condiments, la troisième hache menu des légumes. La quatrième penchée sur l'évier, dans un torrent d'eau, gratte la pâte collée aux plats sales. J'ai dû interrompre une conversation intime car durant un long moment, tandis que je déguste mon café, elles échangent des banalités.

Puis ma mère ordonne joyeusement une pause, et les unes assises à califourchon sur des chaises libres de marmites, les autres simplement adossées au marbre de la desserte, elles sirotent la tasse de café turc servie par une des cousines.

« Tu attends combien de personnes pour ce soir, Camille ? »

_____

1. Circoncision.

Ma mère hésite, compte sur ses doigts.

« Les hommes de la synagogue. La famille. Les voisins... Peut-être une cinquantaine de personnes... Il faudra disposer des chaises sur la véranda... »

Elle se tourne vers moi :

« Tes frères m'ont appelée ce matin. L'armée leur accorde une permission spéciale pour cette nuit. Ils sont déjà en route. »

Elle rit et sa dent en argent luit comme un fanal dans sa bouche.

Je ne propose pas mon aide. Le corps un peu penché, assise du bout des fesses sur mon tabouret, je les regarde s'agiter, rincer leur tasse.

Myriam, la cousine du Mochav [1] de Beershéba, rapporte les événements marquants de ces derniers mois. Les cultures gâchées car trop d'hommes avaient été mobilisés, les tonnes de tomates qui ont pourri dans les hangars quand les ouvriers arabes affectés au triage avaient décrété une grève par solidarité envers leurs frères libanais. Et Laïla, sa fille aînée, qui, excédée par la solitude et l'existence en huis-clos du Mochav, s'est établie à Tel-Aviv où elle se contente d'un emploi médiocre de secrétaire dans une entreprise de chaussures.

« C'est comme elle, s'exclame ma mère. Elle

---

1. Village agricole où les exploitants sont propriétaires.

brûle ses nuits à Paris. On se demande quel profit elle en tire... Loin de nous, de la famille... »

Myriam rit.

« Oh, je m'attends à une nouvelle fuite en avant de Laïla. Elle connaît bien l'anglais. Elle m'annoncera certainement un jour qu'elle ne supporte plus Tel-Aviv et qu'elle va essayer le Canada.

– C'est une hémorragie des jeunes vers l'étranger, se lamente une deuxième cousine, courte sur pattes et boulotte.

– Ils ont un peu raison, non ? insiste Myriam. La guerre, la guerre, la guerre. Ils veulent connaître autre chose, vivre !

– Vivre ? ricane la boulotte. Gagner plus d'argent oui ! Ce n'est pas la guerre qui les fait fuir, c'est le dollar !

– La terre est grande, riposte Myriam avec véhémence. Qu'ils tentent leur chance ailleurs ! S'ils doivent revenir, ils reviendront.

– Et qui nous défendra ? interroge railleuse la cousine de Tibériade, cheveux teints au henné et vernis rouge écaillé aux ongles.

– Nous n'avons pas besoin d'être défendus, s'emporte Myriam. Si seulement chacune de nous pouvait imaginer la vie avec le mot paix ! Je suis arrivée ici en 1947, et je ne me souviens pas avoir passé une seule année sans avoir tremblé ! Halass !

– Alors, tu laisserais ce pays aux Arabes sans réagir », crache la cousine de Tibériade.

Myriam se rapproche d'elle, les paumes ouvertes, et, d'une voix ironique :

« Qui sont les maçons ? Qui sont les éboueurs ? Qui sont les jardiniers, les serveurs dans les restaurants ? Qui ? Les A-ra-bes... Imagine que demain, ils organisent une grève générale... Le pays sombrera en un mois. Pas la peine de faire une guerre... Une résistance passive... Tu n'as pas peur de ça ?

– N'importe quoi...

– Parlons d'autre chose, tranche Myriam. Nous ne sommes que des mères ignorantes et sentimentales. Et je n'ai pas envie de me disputer avec toi, Léa ! »

Léa, vexée, penche sa chevelure flamboyante sur un poisson. Elle lui arrache les ouïes avec violence, et d'un coup de couteau, lui déchire le ventre. Myriam, qui la surveille, pouffe doucement, ravie au fond de sa colère.

Elles travaillent maintenant en silence, les yeux obstinément fixés sur le plat qui rissole, gratine ou frit. A midi, les murmures des vieillards se sont amplifiés.

« Camille, ils ont faim, a indiqué Myriam en donnant un coup de coude à ma mère.

– Je sais, je m'en occupe. »

Elle est sortie de la cuisine leur apporter le plateau du déjeuner. Nous, nous avons pioché à la cuillère dans une énorme marmite de ragoût.

L'après-midi a avancé dans l'odeur moite de vapeurs et d'assaisonnement. Sur le balcon, s'alignent les plats en terre, en faïence, en inox. Les uns contiennent des fèves, les autres de petits pains ronds, d'autres des fricassées, des portions de poissons, des beignets.

Mobile, incandescent, le soleil vibre dans un ciel de craie. Le paysage a pris la coloration neutre de la pierre embrasée. Les quelques taches vertes des cyprès et des oliviers règlent le plan architectural, crevant de longues stries le tracé cubique des immeubles. Jérusalem, meurtrie par le tremblement de l'air brûlant, s'assoupit dans la sieste. Les rues semblent désertes.

Mais je garde d'elle une autre image, celle que m'avait offerte Henry la veille lorsque nous avions grimpé l'escalier de métal tournant jusque sur la terrasse de sa maison. Devant nous, rosissant sous la lumière, s'étalait l'enchevêtrement des toits, des clochers, des dômes, pierres mariées à la pierre, hérissées d'antennes, striées de cordes à linge, ourlées par des méandres de vide pareils à des intestins grêles.

« Regarde bien, m'avait dit Henry. C'est le visage le plus écartelé de Jérusalem. Celui qui ébrèche son ciel. Et pourtant les maisons marchent bras dessus, bras dessous. Quartier

arménien confondu aux quartiers chrétien et
juif. »

Je ramasse mon drap qui a lentement glissé,
le drape comiquement autour de mes épaules
en nouant les extrémités qui s'inclinent et se
défont mollement. Et cahin-caha, trébuchant sur
la toile, je quitte la cuisine pour m'habiller. Les
hommes ne tarderont plus. Mes frères aussi.

Les femmes, bien sûr, ont été refoulées vers
les chambres. Les hommes se sont rassemblés
dans la salle à manger, le salon, la véranda et
ils débordent jusque sur le palier et les marches
d'escalier. Les cadeaux se sont multipliés : cakes,
gâteaux ronds cuits dans une pâte sobre, dénués
de fioritures et de sucre candi, qui accompagnent
invariablement les repas de deuil ou les céré-
monies solennelles. Raisins secs et amandes.
Bouteilles d'arak pour trinquer. Les femmes
reçoivent vivement les offrandes et les disposent
sur les tréteaux qui croulent sous le poids des
mets. La réunion prend des airs de fête avec la
joie des retrouvailles des cousins de Haïfa et de
Lod. Peu à peu, les hommes ont abandonné
leur expression empruntée pour parler des nais-
sances à venir, des mariages projetés, des intem-
péries et de la politique. Danny et Joseph,
accourus juste à temps pour l'office, encore
poussiéreux, parlent très haut, avec excitation,
et leurs rires sont ponctués des bénédictions de

ma mère. Mon père et Aliza qui avaient rêvé d'une cérémonie plus digne, plus triste, doivent se mettre au diapason des autres. Aliza, d'ailleurs, a bien tenté de placer courageusement un ou deux de ces cris affreux, apanage des pleureuses d'Afrique du Nord. Mais Myriam, surgissant derrière elle, l'a pincée jusqu'au sang. « La vie continue, lui a-t-elle dit... Vous l'avez honorée... Maintenant il faut réagir. »

Matée, Aliza n'a plus cherché à exhiber son chagrin. Mon père, lui, montre sa détresse, mais je le vois sourire avec gêne, le regard papillotant, devant la gentillesse de mes frères, la sollicitude des voisins et amis. Il tire sur son pull pour dissimuler sa timidité, reçoit, penaud, les bourrades de Danny qui lui ordonne un « hamam complet suivi d'un rasage soigné » et s'embrouille dans les mots en parlant.

La venue du rabbin a mis de la discipline dans cette gaieté. Les rangs se sont fendus. Les hommes se sont courbés dans une attitude respectueuse. L'un l'a conduit vers une chaise. L'autre lui a tendu un plat qu'il n'a guère voulu goûter. Le troisième l'a supplié de faire un sermon. Il y a eu dans la pièce l'attente d'une parole forte. La parole ne fut pas prononcée. Le rabbin s'est contenté d'apaiser mon père d'un mot chuchoté à l'oreille. Et pourtant, l'attente se prolongeait. Ce rabbin, si prompt à venir saluer la famille, pourquoi ne haranguait-il pas en chaire pour encourager le peuple à arrêter la guerre? Mais peut-être aurait-il dû rôder dans Jérusalem la nuit où les mutilés, les poètes fous et les militaires jouent à cache-cache dans les ruelles, soutenus par des putains et des aventurières.

Aliza s'est approchée en reniflant, me tirant en arrière sur un ton qui n'admet aucune réplique vers la chambre à coucher de mes parents; avec une expression de conspiratrice, elle verrouille la porte à double tour. Debout devant moi dans sa robe mal taillée et ses savates en crêpe épais, elle semble mendier une tendresse que je sais ne pouvoir lui accorder. Toute la semaine, elle avait su placer habilement, comme un peintre oppose des couleurs sur une toile pour obtenir des effets d'ombre et de lumière, des calomnies, des soupçons sournois, des conclusions hâtives. Et mon père, dont la mémoire auditive était sélective pour le malheur, l'avait écoutée avec sérieux. Maintenant, je comprends quelles ruines du corps et de l'esprit l'ont conduite à cette inquisition. Elle appartient à cette race des femmes termites, qui rongent, rognent, creusent, sous un vernis de sainteté et de bondieuseries, pour le seul plaisir de voir l'autre se tordre d'inquiétude.

Perplexe, je lis dans ses yeux l'espoir qu'un jour je pourrais me perdre pour qu'elle ait l'occasion de consoler mon père et triompher de ma mère.

Elle plonge sa main dans son corsage, en retire un mouchoir enflé noué aux quatre coins et qui a dû dormir là contre la peau tiède, des jours et des nuits. Elle s'allonge sur le lit, me fait signe avec un sourire de courtisane de la rejoindre. Avec des gestes étudiés, elle dénoue les boucles, s'aidant de ses dents, et sa grimace est cruelle. Les bijoux de Safta apparaissent : trois bracelets d'or, larges de deux pouces, incrustés de rubis, des boucles d'oreilles, un collier d'ambre, un autre d'or aux arabesques finement ciselées. Ses petits yeux noirs s'aiguisent.

« Avant de mourir, elle m'a demandé de te faire choisir une parure, regarde bien ma chérie... »

Elle soulève un à un les bracelets, les colliers, les présente à la lumière, les garde dans sa paume pour les soupeser.

« Aliza. »

Devant ma patte qui se tend, vivement, elle raccourcit la sienne.

« Attends, dit-elle d'une voix mielleuse, attends. »

Elle ricane, et son œil noyé d'eau étincelle.

« Tu ne la porteras qu'au jour de ton mariage... autant dire... jamais. »

Bourdonnement des invités derrière la porte.

Au fait, pourquoi l'a-t-elle fermée à clef, cette porte? Soupçonne-t-elle quelqu'un de vouloir lui voler les bijoux?

« Non, dit-elle, devinant ma pensée. Je ne voulais pas être dérangée dans ce miraculeux tête-à-tête avec ma nièce chérie... »

Ses sourires sont plus insupportables que son persiflage. Elle évase davantage les lèvres, médite le mot qui blessera profond.

« Donne!

– Oh non! »

Elle se redresse un tantinet sur le coude, ramasse avec flegme les extrémités du mouchoir et les bijoux disparaissent sous le coton sale à carreaux bleus et blancs. Ils retournent dormir contre son sein, boule dure comme un cancer.

« Tu me hais.

– Mais oui. Tu as fait le malheur de ton père. Il a perdu sa situation en France pour te suivre à Jérusalem, et toi tu es repartie. On ne sait rien de ta vie mais le genre que tu te donnes suffit à te situer. Tu roules des fesses, tu te maquilles comme..., tu sors à moitié nue dans la rue...

– De quoi je me mêle? On n'est plus en Tunisie...

– Oh, mais de rien, exulte-t-elle. Tu veux un bijou? Tu connais la condition.

– Je me fiche de cet or, crié-je. Garde-le.

Bouffe-le. Tu m'écœures! Encore une chose...
qu'as-tu fait de ses vêtements de Gabès? »

Elle s'esclaffe.

« Je les ai donnés à des chiffonniers de
Beershéba. Elle est morte! Tu as espéré sa mort
avec tant d'impatience n'est-ce pas? Tu ne
pourras pas te déguiser avec ses chemises et ses
voiles. Tu n'auras rien. Rien!

– Tu es folle! Tu as détruit le passé par
jalousie! L'exil déjà ne nous a laissé que de
maigres souvenirs. Comment expliquerai-je à
mes enfants que je viens d'Afrique du Nord si
tu livres notre histoire aux poubelles?

– Invente, brode, imagine... Tu es assez savante
pour boucher les trous. J'aurais mis en pièces
ses vêtements plutôt que de te les donner! Tu
es trop loin de ce que fut sa vie, son amour de
Dieu, son judaïsme!

– Mais de quel droit? De quel droit? Tu me
juges, tu condamnes... Elle ne m'a jamais
désavouée, elle! »

Elle répond à tue-tête, ses petites dents lui-
santes de rage. Et pour mieux scander ses
phrases, elle m'enfonce son index dans le bras
ou l'agite sous mon nez. Effrayés par ses hurlements, les gens sont accourus et tambourinent
contre la porte pour se faire ouvrir. La tête
entre mes mains, je sais seulement que la vérité
d'Aliza est contrefaite. Dans cette rue du Chemin-Vert, Safta m'avait prise sur ses genoux,

bercée, embrassée, battue. Dans cette rue du Chemin-Vert où j'avais traîné mon enfance, de murs lépreux en murs lépreux, elle avait su planter et faire germer dans ma mémoire la graine de l'ailleurs, ce chiendent qui habille les façades les plus sombres et les pare de soleil et d'exotisme. Elle, Safta, disait : « Je ne suis pas savante, je ne sais pas lire ni écrire, je n'ai pas tes gestes d'homme pour fumer la cigarette, entrer dans les cafés, montrer mes fesses sous le pantalon... Le monde a changé, je ne le reconnais plus. Tu es si loin de moi que je doute quelquefois que tu sois une juive et la fille de mon fils... Mais viens, écoute-moi, j'ai une parole à t'apprendre. Peut-être qu'au fond, elle te marquera. Tu la tiens de moi aujourd'hui qui l'ai reçue de ma mère, et avant ma mère, sa mère la lui avait enseignée, et ainsi depuis la nuit des temps, la chaîne ne s'est pas rompue... »

La bouche contre la paume, je me souviens encore, tandis que ma tante s'essouffle. Et si je la tuais en l'étouffant sous des coussins, la chevauchant pour observer ses yeux chafouins rouler de terreur, supplier, devenir blancs? Et si de la pointe acérée des bijoux, je labourais son visage pour la défigurer? J'aurais voulu pouvoir lui crier que mon imaginaire se réduisait à un deux-pièces exigu d'un bleu criard où les meubles bancals m'avaient rendue boiteuse à jamais. J'aurais voulu pouvoir lui expliquer qu'une enfant, les cheveux emmêlés, rieuse et noiraude, me tirait sans répit vers l'arrière, pour m'emmener devant un rabbin frêle qui appréciait trop la Valstar et une femme obèse qui me droguait au piment rouge et à l'huile d'olive.

Mes frères déferlent dans la pièce, considèrent Aliza avec pitié.

« Qu'est-ce qui se passe ici ? demande Danny.

– Rien ! dis-je. Une explication qui avait trop tardé. »

Sur le lit, le mouchoir de bijoux a creusé une légère dépression. Danny m'embrasse, promet :

« Oh, petite sœur ! Ce soir nous irons danser ! »

Aliza, sans un mot, traverse la chambre en clopinant.

18.

Ils m'emmènent dans leur jeep couleur mastic. Pour m'impressionner, Joseph conduit vite. Les pneus mordent le bitume avec des geignements plaintifs. On s'égosille car le vent s'engouffre sous la toile et les fenêtres de plexiglas frissonnent avec une vibration continue. L'éclat puissant des phares illumine les oliviers et les taillis des chemins.

« Où allons-nous?

– Voir des parasites! Ils te plairont. »

Joseph, après le virage de Talpiot, a ralenti, attentif à la route. Serrée contre Danny sur le siège unique et dur, à l'avant, je raconte la scène des bijoux.

« C'est moche! dit Danny. Tu aurais dû l'assommer de gifles! »

Amusé, Joseph opine. La radio encastrée dans la boîte à gants crachote par intermittence. Tous deux savent qu'un ordre intempestif peut, à chaque seconde, annuler leur permission et les contraindre à rentrer d'urgence à leur base. Dans la rue King George, les robes des femmes font des taches claires. Des jeunes, à califourchon sur les lices des trottoirs, la chemise largement ouverte sur des torses bronzés, bavardent avec animation.

« Qu'est-ce qu'on joue en ce moment au cinéma ? demande Danny.

– Je ne sais pas ! »

Il se fâche.

« Mais bon sang, qu'est-ce que tu as foutu pendant trois semaines, hein ?

– On prend par Strauss ou on coupe par Yaffo ? intervient Joseph.

– Yaffo, mon vieux, Yaffo. Tu sais bien qu'on monte vers Ein Karem ! »

La jeep freine dans un crissement de pneus et nous projette la tête la première sur le pare-brise. Un soldat qui faisait du stop se faufile gauchement à l'arrière.

« Où vas-tu ? »

Il annonce son code. Joseph et Danny échangent un regard navré.

« Habibi ! On te plaint ! »

Le soldat, légèrement pâle, triture la cordelière de son sac. Le regard fuyant, il demande :

« Pourquoi ? Ça se gâte ?

– Il paraît ! De toute façon ce soir, il y a du

grabuge dans l'air... ratissage de la région, entre autres, pour rattraper des terroristes...

– Je vois, dit-il en fixant l'écusson cousu sur la manche de Danny. Tu es dans les transmissions. »

Gêné par mon épaule, mon frère gigote pour se retourner.

« Oui, dans la friture, dit-il évasif. Au fait, on te présente notre sœur. Elle est en vacances ici, pour un mois. »

Une manière polie de faire comprendre à l'autre de se taire. Sensible à la remarque, l'autre se rembrunit. Mon cœur se pince : en France et ici, je reste donc pour tous une étrangère devant laquelle on parle à mots couverts.

Nouveau crissement de pneus devant la station centrale de Jérusalem.

« C'est tout ce que l'on peut faire pour toi, soldat, je regrette, dit Danny. Mais tu auras vite un camion. »

L'homme a un haussement d'épaules très gai pour signifier que cela n'a aucune importance. En descendant, il me frôle la joue et ses doigts sont frais, agréables.

« Raconte du bien de nous, là où tu retournes. On n'est pas des salauds. Interroge tes frères! »

Il reste un moment debout, les pieds écartés, le sac rejeté en arrière. Puis il tourne les talons.

« Bon, assez pleuré! décrète Danny tandis que Joseph embraye. Mama, j'ai cru que cela allait tourner au mélodrame. Le virus de ce pays, c'est l'opinion de l'étranger. Mais on s'en fout des commentaires de la France et de l'Italie.

– Sale sioniste, riposte Joseph.

– Comment, tu t'y mets, toi aussi ? Merde ! On passe notre temps à se justifier devant les autres. Dites, on est assez gentils ? Dites, venez voir chez nous comme on est corrects ! Pendant ce temps, les autres charcutent, torturent... Mais qui leur reproche de bafouer les accords d'Helsinki ?

– Eh, oh, calme-toi, dis-je. Qu'est-ce qui se prépare ce soir ?

– Top secret, ma vieille, rage Danny. Au mieux, tu l'apprendras demain par la radio. Je regrette ! »

Le ton est si revêche, que je n'ai eu garde d'insister. Mais l'insouciance a disparu. Plus tard, Danny, le visage pensif, a grincé entre ses dents :

« Bigre, c'est sérieux s'ils alertent cette compagnie. Joseph, pas question de trop tarder ce soir, OK ? »

Les doigts de Joseph quittent le volant et se posent sur mon bras pour une caresse furtive. J'aimerais l'entendre crier une fois, une seule. Pourquoi n'explose-t-il jamais ? Je n'aime pas son silence que je devine construit jour après jour sur le hachis de son bégaiement.

Joseph se gare entre des voitures rangées en

épi, devant un cube en béton exilé au bout d'une rue.

« Attention aux chardons quand tu descends, prévient Danny. Mais à l'intérieur, tu verras, c'est un peu plus réjouissant. »

Joseph éteint les phares, coupe le contact.

Nous avons poussé une porte de fer peinte, descendu un escalier en colimaçon souillé de graines de tournesol, de paquets de Marlboro crevés et de papiers gluants. Des couteaux ont gravé dans le grain du béton gris des « Je t'aime », des cœurs transpercés de flèches et d'autres choses encore que je n'ai pas eu le temps de lire. Mais les mots faisaient comme une saignée blanchâtre, et la lame avait dû passer à plusieurs reprises pour mordre cette pierre artificielle. Une musique s'arrachait des profondeurs dans un excès d'aigus qui vous assourdissait.

Et soudain, nous sommes arrivés dans une lumière violente, diffusée par des spots puissants, filtrés par des araignées accrochées au plafond. Les hommes sont en habit militaire. Les femmes, pour la plupart orientales, ont la jupe très courte sur les cuisses, le chemisier décolleté, la bouche pulpeuse et les yeux faits. Des bijoux de pacotille accentuent leur vulgarité.

Danny et Joseph, dressés sur la pointe des pieds, cherchent des visages connus et avancent en écartant les corps.

Au fond de la salle, un bar de fortune propose des jus de fruits et de l'alcool. Les soldats fument le « pétard » les mains jointes en conque, avec des yeux concentrés. Et ils continuent à danser, levant haut leurs jambes bottées de lourds godillots.

« C'est bien, non ? crie Danny ravi à mon oreille.

– Pas mal », dis-je en riant, imaginant les réactions de mon père et d'Aliza placés dans cette ambiance.

Ils ont tiré comme tout le monde sur un « joint », dansé, harponné une fille en lui caressant le dos. La salle s'est encore remplie. Les épaulettes annoncent les grades, mais il y a surtout des soldats et des sous-officiers. Les basses entrent dans le ventre comme des coups de couteau. Les rires des filles s'entendent malgré la musique, dévorant leur visage défait par la sueur. Certaines agitent la langue comme un carillon heurte les flancs d'une cloche. La lumière taillade cruellement les traits, accentue un défaut de la mâchoire, le rictus d'une bouche ou l'inquiétude du regard.

Réfugiée sur une marche d'escalier, je regarde danser ces hommes qui mettent de la violence jusque dans leur joie. Après deux mille ans de méditation sur les livres, le Juif, en titubant, trépigne sur les timbres d'une musique améri-

caine; mais sa danse n'a rien perdu du déhan-
chement de la prière.

Joseph me rejoint.

« Tu as une cigarette ? »

Éclat bref de la flamme qui se rapproche de
la pupille. Il aspire longuement la fumée, la
rejette par les narines avec un gémissement de
satisfaction.

« Joseph ?

– Oui ?

– Vous restez pour le chabath ? Nous nous
sommes à peine vus...

– Non, demain, avant l'aurore, retour à la
base...

– Joseph ? »

Ses lèvres ont un pli boudeur. Près de l'oreille,
une touffe de poils noirs qui a échappé à la
lame.

« Tu as changé... Je ne te reconnais plus...
Pourquoi te tais-tu ainsi ? Tu m'impressionnes,
je ne sais comment te parler... Dis-moi, tu es
heureux au moins, mon frère ? »

Il tapote sa cigarette pour en faire tomber la
cendre.

« Joseph, répété-je.

– Pas très loin de la maison, commence-t-il
en hésitant, à quelques blocs de chez nous,
habite une fillette... J'aimerais te la présenter...

– Je ne comprends pas...

– Moi non plus... Une gamine de quatorze

ans me hante jour et nuit. Quand je tire sur la mitraillette et quand je roule sur les routes, la tête brûlée par le casque...

– Et elle?

– Oh, elle! dit-il sarcastique. Elle a des yeux comme des lampes. Une gosse encore, les jambes maigres, les seins plats. Mais des yeux, oui, comme des lampes. »

Il écrase sa cigarette contre le mur de béton et de petites étincelles volettent.

« Mais elle, elle sait?

– Plus que ça, dit-il avec lenteur, comme s'il découvrait ses impressions au fur et à mesure qu'il les confiait. Plus que ça. Je suis convaincu qu'elle cherche à m'exciter. Cela dure depuis des mois déjà. Elle se poste sur la route, le vendredi. Elle ne dit rien. Elle regarde droit en toi, sans sourire, mais cela suffit. Moi, ça me retourne. J'ai l'impression que mes deux jambes deviennent des fusils qui me tirent dans le ventre... Ou je suis fou, ou dans ses yeux il y a un appel. C'est comme un poison... Deux yeux noirs immenses, cernés, et ce corps de gosse, avec les épaules et les genoux saillants...

– Qui c'est?

– Tu connais... la famille yéménite? L'aînée... La petite Yaëlle... »

Je renifle. « Non, je ne vois pas...

– Ah? dit-il déçu.

– Pourquoi ne lui parles-tu pas?

– J'ai essayé. A chaque permission. Mais elle avait treize ans, aujourd'hui quatorze...

– Et alors?

– J'attendrai. J'attendrai. Ce qui m'obsède, c'est qu'avec ces yeux-là, cette demande qu'elle a, elle va accrocher n'importe qui. D'ailleurs, je suis peut-être n'importe qui! On dirait qu'elle cherche seulement à assouvir une faim...

– Et si tu te trompes? »

Il n'a pas répondu. Il fume, les yeux dans le vague, la tête rentrée dans les épaules.

La musique a changé. Elle est plus sensuelle. Les corps s'étreignent pour un slow.

« Joseph, lui dis-je timidement, brusquement consciente de l'énormité du mot, tu ne crois pas que c'est un... fantasme? »

Il lève les yeux vers moi, et les baisse. La tête appuyée contre le grain rêche du béton, nous nous sommes absorbés dans nos pensées. Dans quel mal de vivre la guerre pouvait-elle entraîner ces jeunes gens? Dans quelle étrange rêverie de l'amour et de la tendresse les conduisait-elle à leur insu?

Je suis les mouvements d'une longue jeune fille mince, dont la silhouette me rappelle Mavrika. Elle porte un corsage en lamé or sur une jupe en cuir fendue. Une des fines bretelles a glissé, découvrant toute la rondeur de l'épaule, et, quand les spots virent au rouge, la lumière crée sur sa peau une traînée de sang. Des hommes, souvent, posent leur bouche sur cette flaque. Le sein menu, presque atrophié, lui donne un air vulnérable de femme-enfant. Elle garde les paupières closes, respecte avec sérieux le rythme de la musique. Des mains aux ongles sales et courts lui palpent les hanches, le dos, la nuque. Elle ne réagit pas. Mais quelquefois, une caresse lui entrouvre les lèvres comme si elle reconnaissait un toucher particulier et aimé. C'est un étirement faible de la bouche, mais à cet instant précis, son visage se métamorphose, devient vivant.

En me tournant vers Joseph, je constate que lui aussi l'a remarquée. Il la regarde fixement.

« Elle lui ressemble ?

– Non, pas du tout... Mais je la trouve très belle... »

Belle de cette détresse qui dévaste les filles de Jérusalem et met leurs yeux au bord du gouffre. Elles n'ignorent pas qu'un jour, elles seront veuves, elles savent que viendra le temps où la cité leur appartiendra...

Un soldat a entouré la taille de la fille de ses deux bras massifs. Il danse contre elle avec des gestes câlins, possessifs, et elle hausse vers lui son petit menton pointu.

Il a fini par lui prendre la main pour lui faire traverser la foule. Ils ont gravi, lui la précédant, les marches de l'escalier, et avec Joseph, nous nous sommes levés pour leur céder passage. Ils sont partis ensemble vers la nuit. Quelque part sous les étoiles, dans le terrain vague, entre deux buissons d'orties, il lui fera l'amour à la hâte en se donnant à peine le temps de jouir.

Joseph sourit, comme ébloui.

Le matin est encore indécis, de ce gris-rose que j'aime tant, lorsque ma mère est venue me réveiller.

Les vieilles coiffent leurs cheveux et nouent leur foulard sous le menton. Les vieux, avec des mouvements tremblés et lents, plient leur talit et enroulent leurs phylactères.

« Sbah el Hir! »

Ils enfilent leurs chaussures, nouent leurs lacets, s'assoient autour de la table. Ils trempent de longs morceaux de pain dans du lait à peine coloré de café et des mouches viennent boire les gouttes répanducs sur la table cirée. Jason l'Aveugle, très inquiet, interroge ma mère à plusieurs reprises, et sa main, pour mieux la sentir, empoigne son bras.

« Tu as bien prévenu mon fils, n'est-ce pas? Il ne m'oubliera pas chez vous? » Ses yeux blancs révulsés résument le mal de son âme, cette anxiété des vieillards à devenir un fardeau pour leurs enfants.

C'est d'ailleurs lui qui est parti le premier. Puis oncle Jonas et Menahem. Jacqueline, Esther, Camouna se sont entassées dans la fourgonnette de Myriam. Avram le Cordonnier et Bébert le Sourd nous ont quittés avec des claquements de langue satisfaits tant ils avaient peur d'être les derniers. Judith et Ouarda patientent, bien droites sur le canapé, en roulant leurs pouces. C'est avec des soupirs de soulagement qu'elles ont accueilli le cousin André. Aliza, elle, avait été accompagnée par Danny et Joseph en jeep, jusqu'à la gare centrale.

L'appartement est maintenant vide et silencieux. Seule l'odeur forte de l'urine flotte encore dans la salle de bains. Le soleil est monté lentement dans le ciel, éraflant le ciment de la terrasse d'une lumière qui va en s'élargissant. Aux allées et venues de ma mère qui s'active dans la cuisine, j'ai compris que nous aurions à affronter, à trois, encore un chabath, si long, si fade, qu'il ressemblerait à une agonie.

19.

Tôt chaque matin, je rejoins Henry au carrefour de Yemin Moshé. Amusé, il juge les
véhicules, Ford cabossée, Renault flambant neuve
ou Citroën poussive, qui m'ont prise en stop.
En riant, il enfouit son visage dans mes cheveux
et me traite d'inconsciente.

« Cela ne t'arrive jamais de faire comme tout
le monde, d'utiliser les transports publics? Tes
chevaliers ont quelquefois des têtes de gangs-
ters... »

Lui a déjà arrêté le plan de sa journée, prévu
des rendez-vous avec des notables arabes, des
journalistes, ou des hommes politiques israéliens.
Durant les entretiens, il pose peu de questions,
mais écoute, un sourire désarmant aux lèvres.
De temps à autre, il griffonne une note pour
repérer un témoignage important ou une citation
dans le flux de paroles que le magnétophone
enregistre. On nous reçoit avec des poignées de

main chaleureuses, des compliments obsé-
quieux, des tasses de café turc. En prenant
congé, la main qui se tend a une étreinte plus
solide, alourdie par cette jouissance bizarre d'avoir
débité de longues tirades sur la situation de la
région. Sur le pas de la porte, on nous retient
encore, nous invitant à déjeuner ou à dîner, les
réserves craquent, on nous montre des photos
de la femme et des enfants, on retraverse le
couloir pour fouiller dans les archives, arracher
de l'oubli le cliché jauni d'une époque révolue
où l'homme exhibait ses vingt ans avec des
camarades tombés en héros sur les fronts du
pays. Le regard brouillé par l'émotion, l'homme
raconte des anecdotes, des faits d'armes, son
index voyageant sur les portraits aux expressions
fanfaronnes.

Dans un soupir, la plupart concluent : « Ah,
je pourrais écrire un livre, avec mes souvenirs.
Mais ici, tout va trop vite, on vit sur un
toboggan. »

Puis en nous raccompagnant à nouveau vers
la porte : « Vraiment, vous ne restez pas déjeuner ? Je possède des cartes qui vous intéres-
seront, des coupures de journaux du temps
des Anglais. Il me faudrait classer dans des
albums... »

Et sur le chemin de terre qui dévale jusqu'à
la route, ils cueillent par poignées des amandes
ou des figues, les fourrent d'autorité dans nos

poches. « Goûtez, disent-ils, le miel de ce pays. Régalez-vous de son fruit, il est parfait. »

Mais Juifs ou Arabes, lorsqu'ils parlent de Jérusalem, s'étouffent, muets soudain, tournant leurs yeux vers l'est où la Mosquée et le Mur dominent la vieille ville.

Henry réserve ses après-midi pour étudier des manuscrits anciens et des livres politiques dans la bibliothèque de l'université de Givat Ram. Je l'attends des après-midi entières, allongée sur le gazon des pelouses, oisive, suivant du regard les rares silhouettes des étudiants qui persistent à hanter, dans l'été finissant, les couloirs des amphis ou les salles de documentation. Débraillés, en manches courtes, flanqués de leurs livres sous le bras, ils claquent leurs sandales sur l'allée pavée de pierres noires, avec des airs sérieux de talmudistes.

Le souvenir de Bernard entame le bonheur de ces heures paisibles. Mille fois, mentalement, je recommence la lettre qui lui annoncera la rupture. Mon ami, cher Bernard, Bernard. J'ai la bouche pleine de majuscules et de points de suspension. La couleur cuite du ciel m'exténue, écrase mon remords en plombant mes paupières. J'allume des cigarettes, les unes après les autres, au mégot. A ma droite, la pelouse, immense comme un océan. Au fond, la bâtisse solide de la bibliothèque dont les caves, soigneusement aménagées, recèlent des trésors.

Éparpillés le long d'un remblai, des cubes blancs qui ressemblent à des villas, et qui, dès l'automne, bourdonnent des cris des étudiants.

L'idée de rentrer à Paris, rompre ma liaison, rassembler mes livres et mes objets, m'obsède. Dans la pesanteur de ses yeux verts, il me semble que l'irrémédiable serait plus simple à déclarer. Mais des lâchetés inexplicables me font remettre à plus tard mes projets. D'abord une lettre, me dis-je. Cher Ami, Cher Bernard, Bernard... Quelquefois, c'est par le silence que je compte résoudre le dilemme. En ne donnant pas signe de vie, sans doute comprendra-t-il que je ne veux plus revenir, que je ne l'aime plus.

Sur le dos, en regardant le ciel, je rêve d'infini. Ou à la chair d'Henry.

Il dégringole l'escalier de pierre de la bibliothèque, pousse la porte vitrée, marche vers moi d'une allure indolente, presque insolente de beauté. Et j'aime l'ombre qu'il laisse sur les trottoirs ensoleillés, une ombre svelte et longue. D'une main négligente, il rabat la mèche qui lui barre le front, s'assoit en tailleur auprès de moi. Où a-t-il appris à regarder la femme de cette façon si sensuelle qui me rend palpitante et me vide en un instant du bruit et de la fureur ? Qui lui a enseigné l'art d'observer à la dérobée les seins et les hanches de la femme pour l'éblouir soudain des échos de sa propre beauté? Et sous ce regard unique, oubliant la cécité de l'autre, je me sens fondre.

« Tu ne t'es pas trop ennuyée? »

Il allume un cigare, se laisse aller un peu en arrière, les traits tirés. Il semble las.

« J'ai envie de tout plaquer... Je compulse des archives, des articles, j'écoute les déclarations des uns et des autres, et cela me paraît brusquement si évident, si clair... »

Et comme il s'interrompt, j'avance :

« La guerre? »

Il secoue la tête à plusieurs reprises pour nier, soufflant la fumée de son cigare, prenant son temps pour répondre :

« C'est démoralisant, mais la guerre n'est qu'un prétexte. On y entre comme dans un hôtel de passe, on tire un coup, deux coups, trois... On paye la putain, on se rhabille... Non, ce n'est pas ça... »

Le ciel dégringole sur nous son crépuscule. A Jérusalem l'horizon s'ensanglante d'un rouge crémeux, bascule dans un vert très lumineux puis s'éteint avec économie. Une obscurité sourde gagne l'espace, lèche les façades, les allées. Et aussitôt le vent se lève par rafales, nous cingle la chair jusqu'à la souffrance.

« Donne-moi ta main, supplie Henry. La chute du jour m'ébrèche toujours la raison. J'aurais fait un mauvais soldat! »

J'embrasse ses doigts légèrement crispés qui sentent l'encre et le tabac.

« Continue, je t'en prie.

– Mais non, approche-toi davantage. Je ne vais pas te faire un discours sur l'éphémère, sur le sacré, sur la panique des chefs d'État qui veulent éterniser leurs noms...

– Si! Tu m'intéresses. »

Il hausse les épaules dans le noir, se lève d'un bond, me tend la main et tire pour me soulever.

« Quel imbroglio... S'il est conséquent avec lui-même, Begin finira par donner sa démission... Il n'y a pas d'autres solutions pour régler ce conflit absurde. Mais déjà, j'ai bien peur qu'il ne soit trop tard, qu'un changement de gouvernement ne puisse parvenir à endiguer la violence que certains attendent depuis trop longtemps. »

Dans le grondement des avions qui passent, Henry chuchote :

« On va manger un gâteau chez Aboulafia ? Et si tu ne rentrais pas ce soir chez toi ? Si pour une fois, tu découchais ? »

La clarté orange des spots, dissimulés sous des taillis, creuse l'ombre au ras du sol.

Devant les grilles de l'université, un étudiant solitaire manifeste contre la guerre, hissant bien haut une pancarte en carton où il a écrit au feutre noir et rouge « No War ».

Chez Aboulafia, ils sont trois ou quatre groupés autour du comptoir sous la lumière blafarde des néons. Comme s'ils voulaient se donner chaud en se frôlant. La télévision allumée diffuse un programme de danses orientales. Deux posters de stars rendent plus hideux les murs peints à la laque marron.

Des petits yeux noirs enfoncés dans les orbites, une moustache aussi fine qu'un trait de crayon sur la lèvre, Aboulafia avance, le ventre en avant.

« Installez-vous près de la fenêtre, vous serez bien. »

Il tire deux chaises, nettoie la table de bois brut d'un coup de torchon.

« Ton copain est passé, il y a une heure. Le militaire. Il a demandé après toi.

– Qui ? Roger ? » s'inquiète Henry. Sidérée, je remarque la lueur d'excitation qui luit dans ses yeux.

« Non ! L'autre ! Le colonel. Il a dit que tu peux l'appeler chez lui même très tard !

– De quoi s'agit-il ? dis-je quand Aboulafia a disparu.

– Rien, riposte Henry d'une voix trop évasive. Je t'expliquerai dans quelques jours. Mais toi ? Tu as pris une décision ? Tu restes ? Tu repars ?

– Je reste. Après les fêtes, je vais essayer de trouver du travail.

– Bien, approuve Henry. Donc tu déménages chez moi après les fêtes ? »

Aboulafia revient avec deux assiettes de zlebia [1] et un pichet de lait aigre. Son ventre énorme le fait haleter.

« Tu dévores trop de miel, Aboulafia, plaisante Henry familièrement.

— Penses-tu, dit l'autre en se penchant. C'est une maladie qui me fait enfler. »

La télévision interrompt son programme pour annoncer de violents duels d'artillerie à Beyrouth. Des civils tentent de quitter la ville. Plusieurs cessez-le-feu ont été établis, mais les trêves ne durent jamais plus de cinq minutes.

Aboulafia, rageur, éteint le poste. Il hurle devant les consommateurs du comptoir qui n'ont pas réagi :

« Saloperie! Pas moyen de vivre tranquille! On n'a pas besoin d'avoir tous ces détails heure par heure. »

Et il branche la radio sur une station arabe. Le silence s'épaissit, alimenté par les accents langoureux et tristes des mélopées.

L'un des hommes, parfois, se tourne, coude en arrière sur le zinc. Son regard semble vieux. Est-ce pour avoir vécu chaque nuit sous l'éclairage artificiel qui anime de mille feux les bouteilles de liqueur? Est-ce pour avoir été usé au même spectacle désolant d'une salle de bar

---

1. Pâtisserie tunisienne.

masculine d'où les femmes sont toujours absentes?

Plus tard, chez Henry, des heures impudiques et rieuses s'égrènent. L'oranger maigre, planté dans la cour, se tord sous le vent dans des odeurs douceâtres. Il raconte, il m'embrasse. Il raconte la jeunesse, mêle le blanc de Tlemcen et le gris de Paris, les mains croisées derrière la nuque. Il raconte la première escapade, la première révolte, la première femme. Mes questions l'attendent à chaque hésitation, à chaque recul de la voix. Il dit en riant : « Tu me redonnes la mémoire. Je me croyais incapable de remonter si loin », et je lui cache soigneusement, derrière un sourire forcé, la jalousie qui m'aveugle lorsqu'il avoue trop gai : « Oui, cette femme, je l'ai aimée... Je l'ai aimée à en mourir. »

En sourdine, la femme palestinienne chante le regret d'une terre. Et quelquefois, au hasard d'une phrase, un mot arabe devient brusquement compréhensible.

20.

La nouvelle année juive approche. On le devine au temps qui fraîchit, aux bourrasques qui soulèvent les dunes de sable, aux branches des oliviers qui ploient sous la charge des fruits, aux pierres qui tiédissent doucement. Les combats font rage à Beyrouth. Pluie d'obus et de roquettes sur la capitale libanaise, sur les faubourgs, sur les villages de la proche montagne. Des avions sillonnent le ciel en rugissant et le fracas de leurs moteurs demeure longtemps dans la tête. Des accrochages endeuillent chaque jour des familles, de part et d'autre de la frontière.

Dans Jérusalem, cependant, les boutiques regorgent de friandises, d'objets luxueux et fantaisistes, cadeaux à offrir le premier soir de Roch Hachana [1] entre la bénédiction sur la

---

1. Nouvel an juif.

pomme et le sésame. Et on vend à la sauvette, dans des seaux en plastique terne, des bouquets de fleurs éclatantes où le rouge vermillon contraste avec le jaune tendre.

« Mais quand rentres-tu à Paris? demande ma mère. Je ne te chasse pas d'ici, mais tu comprends...

– Je ne sais pas. J'ai un billet ouvert. Après les fêtes, sans doute, j'arrêterai une date.

– Tu n'auras pas de problèmes avec ton travail? se tracasse-t-elle.

– Non, non. Rassure-toi. Je m'arrangerai avec eux. »

Il me semble vivre sur des mensonges qui s'accumulent. A elle, pourtant, j'aurais pu présenter Henry. Mais j'attends superstitieusement des signes. Et je n'ai pas cherché non plus à rencontrer cette gamine yéménite, aux « yeux comme des lampes », qui hallucine Joseph. J'essaye simplement de vivre au jour le jour, gagnant sur chaque seconde un bonheur que je sens menacé. L'eau ruisselle dans les cours pour s'enfoncer plus profondément dans les interstices des dalles. J'aurais voulu pouvoir protéger Henry dans un lieu secret, inconnu de tous.

J'étendais des draps sur la terrasse quand la voix du journaliste survoltée par l'émotion et la nervosité apprit à Israël la démission de Begin.

Peu après, le téléphone a sonné. Oubliant même de me souhaiter le bonjour, Henry annonce immédiatement, d'un ton précipité :

« Tu peux être devant le King dans une heure ? C'est important. Ne tarde pas je t'en prie. »

Mon cœur a explosé. Et j'ai compris obscurément que le désastre approchait.

Peu après, une procession a défilé sous les fenêtres de l'immeuble, malgré la canicule. Des hommes crient : « Begin, Roi d'Israël » et brandissent un sepher Thora [1]. Il y a des sanglots dans leur timbre vociférant.

Le jardinier arabe ne leur a pas accordé un seul regard. Les yeux fixés au ciel, il arrose placidement les arbustes chétifs, les pieds légèrement écartés pour les préserver des éclaboussures. Un changement de gouvernement ne signifie rien pour lui. Qu'a-t-il à faire des histoires des Juifs ? La terre restera maigre et il faudra continuer à l'arroser. Les arbres n'ont jamais le temps de devenir vigoureux, un sirocco trop âpre les abattra vers le sol. Ou, s'ils surmontent les rigueurs de l'été, les pluies d'automne, en emportant le terreau par lambeaux, tailleront en pièces les racines. Avec le temps, les murets édifiés par ses pères ne se sont-ils pas effondrés, laissant la terre en friche ? Avec

---

1. Rouleau de la Thora.

le temps, les oliviers rabougris livrent à peine leur mesure de fruits.

Dans ma hâte à me préparer, j'ai brisé la chaîne d'or que m'avait offerte Bernard à l'occasion d'un anniversaire. Et j'ai habillé mes oreilles de boucles dépareillées.

Pantalon de fil blanc et tricot de coton saumon, un sac en bandoulière sur l'épaule, Henry piétine devant le porche du King David, les mâchoires crispées de nervosité.

« Je suis désolé, ma belle. Je te bouscule. Mais entrons vite au bar. J'ai exactement vingt minutes encore...

– Henry, mais... »

Il prend mon coude d'autorité, pousse le portillon, fonce presque sur la mosaïque de marbre, et l'espace d'un instant il a failli déraper. J'ai crié en enfonçant mes doigts dans son bras. Il s'est ressaisi, un peu confus, et sa peau se marbrait.

« Nous prendrons un verre sur la terrasse ? Ces Américaines, je ne m'y ferai jamais... »

Des femmes obèses passent en effet, attifées de pantalons à larges carreaux vert acide ou jaune cru, nasillardes et maniérées. Elles agitent crânement les breloques de leurs bracelets confits dans la graisse de leurs bras.

Henry choisit une table à l'ombre. A quelques mètres de nous, des touristes s'ébattent dans la piscine. Un homme gesticule et hurle en anglais pour se faire comprendre d'un Israélien, avec cette tendance qu'ont certaines personnes à supposer l'autre sourd lorsque la langue les sépare.

« Henry, tu peux m'expliquer ton excitation? Je ne t'avais jamais vu hors de toi!

— Hein? oui... oui... promets-moi d'être raisonnable...

— Pourquoi? Tu veux rompre? Tu ne m'aimes plus? »

Il fait un visible effort pour se dominer, redresse le dos, inspire, expire et finit par appeler le serveur pour créer une diversion.

« Qu'est-ce que tu bois?

— Un café.

— Je vais être bref. Depuis un mois environ, je tente des démarches auprès de l'armée pour obtenir un laissez-passer pour Beyrouth dans l'unité de Roger. Roger, de son côté, m'appuyait auprès de ses supérieurs. Enfin, un copain, colonel, me recommandait. Tu comprends, je ne suis pas journaliste, ni photographe, et ils n'avaient aucune raison de m'accorder cette... euh... disons cette faveur. L'armée exigeait des références sérieuses et on a certainement effectué une enquête à mon sujet.

— Tu ne vas pas aller à Beyrouth? dis-je, incrédule.

— Laisse-moi terminer. Ce matin, j'ai reçu un

appel de Roger. Tout est en règle. Un camion militaire, qui ramasse des permissionnaires pour les ramener vers le Nord, m'y conduira aussi. Mais tu as dû apprendre ce matin la démission de Begin? Ma place est à Jérusalem, devant la Knesseth. J'ai un peu hésité, je t'avoue. Mais d'autre part, si je refuse de partir, j'ignore quand une nouvelle occasion se présentera... »

Le garçon apporte deux cafés fumants. Je repousse ma tasse, prise de nausée. Et lui qui s'en va, vêtu avec son élégance coutumière, pantalon blanc et tricot saumon. Mais où croit-il donc arriver?

« Henry, ne pars pas. Je t'en conjure. Ne prends pas ce risque. J'ai un mauvais pressentiment. »

Il sourit, un éclair moqueur dans le regard.

« Trois jours sont vite passés. Tu ne cherches pas à retenir tes frères lorsqu'ils rejoignent leur base? Et ils reviennent à chaque fois sains et saufs...

— Ce n'est pas comparable. Ils se sont entraînés, ils ont appris pendant trois ans le maniement des armes. Leurs réflexes sont rapides. Et puis, dans un sens, ils n'ont pas le choix. Toi, rien ne t'oblige à te rendre à Beyrouth, rien. Pas même ton travail. »

Je me souvins de son excitation chez Aboulafia. Et de cette joie qu'il tente de me cacher maintenant. Lui qui prétendait qu'il aurait été un mauvais soldat, il piaffe d'impatience, ennuyé par ma colère. Déjà il est loin. Quel pouvoir reste-t-il aux femmes devant des hommes pressés d'aller patauger dans la boue et le sang et éprouver de longs frissons d'extase devant les charniers et les ruines?

« Félicitations Henry! Belle démonstration de pacifisme!

— Mais je ne toucherai pas à une arme, dit-il horrifié. Je m'y rends en observateur...

— Ne pars pas, Henry, répété-je comme une idiote.

— Allons, allons... Nous passerons ensemble la nouvelle année juive. Je rentrerai juste à temps... et tu me prépareras un plat oriental. »

L'œil rivé à sa montre, je tremble, lui rendant de pauvres sourires, plaidant encore, mais en vain.

Il se penche vers moi, constate avec gaieté :

« C'est très joli, ces boucles d'oreilles différentes, je t'aime dans la fantaisie... »

Debout devant moi, il serre ma tête contre sa poitrine, ébouriffe mes cheveux entre ses paumes, embrasse furtivement mon front.

« Dis, rappelle-toi que je t'aime, murmuré-je éperdue. Fais attention à toi. »

Il est parti très vite, sans se retourner, m'abandonnant à cette terrasse peuplée de touristes en maillots de bain. Mon cœur était si serré que je n'arrivais plus à respirer.

Palabres. Promesses de couloirs. Ententes fragiles entre les partis prêts à toutes les compromissions pour parvenir au pouvoir. Le pays se passionne pour la succession de Begin. En ville, des groupes d'hommes, convulsés de colère et d'inquiétude, propagent dans les artères commerçantes leur pessimisme. D'autres, au contraire, s'offrent des tournées dans des bars et se congratulent de cette démission comme s'ils l'avaient eux-mêmes provoquée.

Pourquoi l'amour rend-il si vacant? Que vais-je faire de ces trois jours? De quels simulacres vais-je les meubler? Pourquoi ai-je la sensation d'être une poupée russe, gigantesque et cependant affreusement minuscule, avec de visage en visage le même sourire peint et insipide?

Durant le trajet, dans la voiture qui m'a prise en stop, méprisant les apaisements d'un chauffeur troublé par mes pleurs, qui m'offre bonbons, cigarettes et mots consolants, il me semble que j'égare, de tournant en tournant, un peu de ma force.

« Comment, tu déjeunes avec moi, aujourd'hui? » lance ma mère heureuse. Son sourire est si éclatant que je n'ai pas osé lui avouer mon manque d'appétit.

« Tu as des nouvelles de Dan et Jo?

— Ils ont appelé hier, dit ma mère en secouant la poêle pour détacher la viande. Grâce à Dieu, ils vont bien. Ils passeront Roch Hachana et Kippour avec nous. Dix jours de permission. Je vais enfin " profiter " de leur " présence ". »

Oh, ce vocabulaire de ma mère. Ses lettres clamaient dans ce Paris brouillard où elle mettait une note d'Orient : « Ma fille, manges-tu des choses " intéressantes " ? Et si tu trouves un tissu bleu, pas trop cher, achète, ma fille. Je te rembourse. Je ne sais pas pourquoi, mais j'ai envie de bleu, cette année. »

Près d'elle, le sachant pour l'instant sur la route, en sécurité, je me suis un peu détendue. Près d'elle qui, depuis un an déjà, souffre et résiste à la folie, j'allais apprendre à dompter, heure par heure, mon effroi.

21.

La peur me fait pisser avec abondance. La peur me constipe. Je le revois en pantalon de coutil blanc et tricot saumon flou, et cette image me bouleverse. Il y a des hommes qui ont besoin de mettre le nez dans la mort pour comprendre l'étendue du malheur. Ensuite, l'imbécile, il s'assoira calmement à sa table de travail, sous la lumière fluide de la lampe, et accouchera de quelques réflexions sentencieuses. Mais d'abord s'embourber dans la fange, vomir devant des chairs déchiquetées, des sexes calcinés, des gosses exsangues. Mais d'abord entendre à en devenir sourd la basse du canon et la fugue jouée par la mitraillette.

Après, écrire. Et se vanter d'avoir vu le « vrai » pour dénoncer la guerre.

Sur la terrasse, aux heures chaudes de midi, assise ou allongée à demi nue, mon souffle se fait court, difficile. Étalée sur le ciment, j'ai

l'intime conviction d'exister au fond d'un enton-
noir, dans un goulet étroit et sombre que je
tente désespérément de remonter, mais la terre
glisse sous mon pas, et il me faut recommencer
sans répit, vers cette lucarne de lumière qui me
promet la délivrance.

« Rentre, ne reste pas sous ce soleil sans
chapeau, crie parfois ma mère. Tu risques
l'insolation. Tu es déjà si noire! »

J'ouvre lentement les paupières et, la main
en visière, je rencontre ses deux jambes où des
poils blonds folâtrent, puis son visage qui bascule
vers moi son anxiété.

« Quel jour sommes-nous?

– Tu deviens folle, ma fille. Tu m'as posé quatre
fois cette question dans la même matinée. »

Elle s'en va, silhouette épaisse à contre-jour.

Alors j'appelle mes morts. Safta et Saba. Dites,
il est encore si jeune, si fragile. C'est encore un
enfant, insouciant, trop gâté. Voyez comme il
est parti à la guerre, comme on va à un mariage,
en sandales en cuir, à lacets montants. Mon
beau rabbin si doux! Ma lionne de grand-mère!
Vous aimiez tant les derniers jours de l'année
juive.

Dans l'après-midi du second jour, ma mère
sort les trois coupons de tissu achetés chez
Mansour.

« Tu n'as rien à te mettre pour les fêtes.

Allons, du courage, je coupe, tu faufiles, je couds... »

La bouche emplie d'épingles, elle tourne autour de moi, prend mes mesures, et pousse, devant mon tour de taille, mon tour de poitrine, de longs gémissements.

Elle finit par cracher ses piquants et déplore aussitôt :

« Tu n'arrêtes pas de maigrir. Et moi qui croyais que tu allais prendre un peu de poids avec mon couscous et mes ragoûts... Enfin! Vite, feuillette ces catalogues et choisis-toi un modèle! »

La soie est brillante et souple. Malgré moi, devant le miroir, dans le drapé que ma mère a su créer, je souris, je reprends espoir, chasse les pensées macabres, nargue mes craintes. Bien sûr, il reviendra me prendre dans ses bras et m'aimera dans la musique palestinienne, arc-bouté entre mes jambes, soucieux de mon plaisir, dans son plaisir. Bien sûr, accroupie à ses côtés, je détaillerai passionnément son visage, caressant, amoureuse, ses sourcils, son menton ou ses lèvres trop charnues. Et je frotterai en riant ma joue contre sa joue piquante de barbe, en remarquant une fois de plus la beauté de ses traits émaciés. Il martèlera à mes côtés les rues de Jérusalem, s'arrêtera émerveillé devant les portes ouvragées, pénétrera en m'enlaçant sous chaque arcade, longera les remparts et me désignera du doigt une étoile. Et sur les murs trop blancs de sa maison, j'accrocherai des toiles de couleur, des tentures, je mettrai des fleurs dans des vasques pour égayer sa terrasse.

« Que Dieu te préserve du mauvais œil, tu es splendide ma fille », affirme ma mère qui recule de trois pas pour admirer le tombé de la robe, l'œil critique pourtant, examinant avec attention l'arrondi de l'emmanchure, la profondeur du décolleté – pas trop bas, cela donne un mauvais genre – et vérifiant le juste emplacement des pinces.

« Bon, dit-elle, enlève-moi ça et faufile. »

Peu après, elle gronde devant mes points maladroits qui se chevauchent en zigzaguant, irréguliers. Puis elle m'embrasse à m'étouffer, jure qu'elle dansera sur une table le jour de mon mariage, chantonne, verse du thé à la menthe, me gave de petits gâteaux de semoule décorés d'une pincée de cannelle qui s'effritent entre les doigts, retouche le revers du col, repasse un pli, bondit sur sa machine, m'ordonne de surjeter.

« Nous aurons fini une robe ce soir, promet-elle. Demain je t'achèterai des boutons assortis, en nacre ou en os... »

Mon père rentre, les yeux tuméfiés par les larmes.

« J'étais au cimetière, explique-t-il. Le marbrier est venu pour la stèle. C'est plus fort que moi, je n'arrive pas à m'habituer à sa mort. A l'absence. »

Et son regard fixe intensément la robe presque achevée, étalée sur le dossier d'une chaise, les manches écartées dans un mouvement voluptueux.

Son attitude vaincue m'a rappelée à la réalité.

22.

Il a plu durant la nuit. Quelques gouttes à peine. Mais qui ont suffi à assombrir le ciel de gros nuages qui ne veulent pas crever. Ma mère est descendue au marché. Dans un fauteuil, un livre ouvert sous les fesses, j'imagine le départ d'Henry de Beyrouth, les portes du camion qui claquent, le démarrage cahotant du véhicule sur la route caillouteuse. La scène à peine construite, je la reconstruis à nouveau, comme si le fait essentiel n'était pas nos retrouvailles, mais sa fuite de cette ville ruinée. Le téléphone est devenu la matrice de notre amour. Un objet doué de raison, qui, en sonnant d'une heure à l'autre, réduira l'attente, l'anxiété, la mort. Aussi, l'ai-je installé près de moi, à mes pieds, limitant mes déplacements à la longueur de son fil, me refusant à prendre ma douche et à rater, dans le grondement de l'eau, son tintement grêle. Midi.

Trois coups timides à la porte. Ma mère a

ses clefs. Maud? Mais Maud entre sans frapper, familière des lieux.

« Attendez », dis-je. J'enfile vivement le peignoir de ma mère, noue la ceinture, ferme de mon poing les pans du corsage.

Dans l'embrasure de la porte, Roger. Un Roger pâle, barbu, les yeux battus de fatigue, qui s'appuie sur la rambarde en fer forgé du palier comme s'il allait s'évanouir.

« Toi? Tu as eu une permission?

— Je peux entrer? » demande-t-il, la voix rauque.

Il pénètre lourdement dans le salon, traînant son sac derrière lui, et la boucle racle les dalles. La peur, en moi, gonfle et se boursoufle.

« Tu es seul? Henry est chez lui? Pourquoi n'est-il pas venu avec toi?

— Henry? balbutie-t-il. Bien sûr... Henry! Oui, oui, il est à Jérusalem. Tu le verras plus tard. Je suppose... Fais-moi un café! »

Il s'effondre sur le canapé, allonge ses jambes, appuie sa tête sur l'accoudoir. Les yeux fermés, la bouche ouverte, il semble presque dormir.

J'ai mis de l'eau à bouillir. Mes mains tremblent un peu en grattant l'allumette, et mes gestes, pour préparer le plateau, sont mal calculés. Les objets se heurtent et tintent avec fracas. Pourtant, l'attitude distante de Roger est rassurante. S'il avait eu quelque chose de grave à m'annoncer, il m'aurait prise dans ses bras pour me consoler et m'entraîner promptement à l'hôpital. Mais il est là, étendu sur le canapé, recru de cette lassitude que ramènent tous les soldats du front. J'ai attendu que le café soit prêt pour revenir dans le salon.

« Merci, dit-il en se soulevant à demi. Tu peux m'offrir une cigarette ? Je n'ai plus de tabac pour allumer ma pipe.

– Qu'est-ce que tu es venu faire ici ? dis-je exaspérée. Tu n'as jamais mis les pieds chez mes parents. Et où est Henry ?

– Encore ? Tu me laisses boire mon café ? Tu l'as sucré ? Non ? »

Il noie avec précaution trois morceaux de sucre dans la tasse, tourne longuement la cuillère, absorbé par ses pensées.

« Tu dois avoir quelque chose contre la migraine. »

Je suis revenue avec un tube d'aspirine. Il tournait encore la cuillère, la mine hébétée.

« Merci. » Il avale trois cachets, boit avec effort le breuvage brûlant.

« Tu m'en sers un autre ?

– Prends le mien, je ne l'ai pas touché.

– Merci ! Je suis vraiment sonné, à bout... »

Il boit la seconde tasse d'une seule lampée et son visage est aussi blanc que la porcelaine.

« Tu n'es pas raisonnable, Roger. Tu mélanges deux effets. Trois cachets pour te calmer, deux cafés pour t'exciter...

251

– Oui, oui... », dit-il d'un ton évasif, ses yeux fixés sur le tapis.

« Roger, pardonne-moi cet accueil, mais je suis sans nouvelles d'Henry depuis qu'il a quitté Jérusalem. Pas un coup de téléphone. Je sais, je dramatise... »

Roger, consterné, écoute mon rire. Silence. Les yeux toujours baissés, il dit en hésitant :

« Écoute...

– Il est blessé? Tu n'as pas l'air normal... il est BLESSÉ?

– Non... oui... Écoute-moi. Il a été très imprudent. On lui avait formellement interdit d'enlever son casque. Sous aucun prétexte. Il faisait chaud. 45° à l'ombre. L'après-midi avait été exceptionnellement calme. On riait. Je l'ai rarement vu rire, tu sais. Mais l'ambiance lui plaisait. Les copains chaleureux, cette tendresse qui unit les hommes au moment du danger. Les blagues. Et la peur, là, près de nous. Comment t'expliquer?

– Je m'en fous... Tu n'es pas au rapport. Tu n'écris pas un livre. Parle!

– Qu'est-ce que je disais? demande-t-il en levant pour la première fois ses yeux vers moi. Oui... on riait. Il a pris la gourde d'un soldat. Il a voulu s'asperger la tête. Tout était calme n'est-ce pas? C'est con, tellement con. Une balle perdue. Dans son œil. Un tireur d'élite n'aurait pas fait mieux. Il est mort sur le coup. Sans souffrir. Nous n'avons rien pu faire pour lui.

Les nôtres ont riposté... Mais ça, c'est la routine... »

Il parle encore longuement avec des phrases hachées, et je ne comprends pas tous les mots. Certains, oui, sont clairs, mais les autres ? Des phrases décousues. Il a dû les préparer soigneusement durant le long trajet, mais maintenant, il ne les retrouve plus, il s'embrouille, il confond, et il se reprend, jure, force sur sa voix. A chaque instant, il enfonce ses doigts dans ses paupières pour se donner de la force ou masquer son désarroi.

Lorsqu'il m'a vue si tranquille, si souriante sur ma chaise, il a réalisé que les mots ne m'atteignaient pas, qu'il fallait laisser le temps à la douleur de pénétrer goutte à goutte, comme du poison. Et il s'est dit que le mieux était de me laisser seule, face à l'évidence, face au rien. A la mort.

« Je rentre chez moi. Je suis fourbu. Je ne bougerai pas. Appelle ou passe quand tu veux.

– Fourbu ? Tu es fourbu ? Tu oses me dire que tu es fourbu ? »

Il ramasse son sac, découragé, s'empêtre dans la bandoulière, marche à reculons. Devant la porte, il s'arrête, déclare lentement :

« Mektoub ! C'était son heure...

– Ta gueule ! C'est de ta faute. Tu l'as tué. Toi ! Et pas l'Arabe d'en face ! Toi ! Toi ! »

Il déglutit avec difficulté, et s'en va pesamment, le dos rond.

Mavrika. Elle chante, elle frappe le tambourin en peau de chèvre. De ses ongles polis, affûtés, elle racle la membrane. Ça crisse sous la corne. Elle rit. Elle enfonce davantage les ongles qui se brisent, mais ne pénètrent pas. Alors, elle recommence de l'autre main, sauvagement, provoque enfin la déchirure dans la peau qui ne chantera plus. Ses ongles sont sanglants. Elle rit. Elle court au miroir, tond ses cheveux au ciseau, rase ses sourcils, coupe ses cils à ras. Elle rit. La pointe acérée du métal frôle la pupille, mais elle renonce, non, elle a encore besoin de voir la laideur qui l'entoure pour hurler de joie. Elle lacère ses vêtements, dévale l'escalier, s'élance dans la rue, nu-pieds, se déchire aux cailloux. Une femme, qui revient du marché, en l'apercevant hurle : « Ma fille, ma chérie ! » puis s'évanouit.

Elle rit encore devant la chair qui craque, qui s'ouvre, qui pisse le sang. Elle tourne dans le quartier, tourne sans un cri, habillée de son seul rire, et ses grandes dents blanches sont féroces, elle va mordre dans le sexe des hommes, les châtrer de ses grandes dents et ils n'iront plus à la guerre, ils ressembleront aux femmes, soumis. Et sur sa tête, en pluie, elle jette de la terre et du gravier, elle frotte ses seins de sable, de ce sable de Jérusalem qui râpe car il contient des bris de verre. Elle crie : « On dit que Dieu t'habite, Jérusalem ! Je crois qu'il t'a maudite !

Laisse donc mourir tous tes fils! Un jour, tu reviendras à tes ruines! »

J'attends avec impatience la nuit. Quand le ciel est devenu noir, alors seulement, je suis sortie des taillis, et j'ai marché vers Roger. Il habite dans Bakaa, non loin des rails du chemin de fer où la vieille est morte de faim.

La grille du jardin est ouverte. La porte de la maison aussi. Une veilleuse, allumée dans le couloir, flambe inutilement. Tapie dans un renfoncement, je tends l'oreille au bruit. La femme qui partage sa vie est-elle là? Mais tout semble silencieux.

Au fond, sa chambre. Il dort sur le dos, un drap sur le ventre, les épaules nues, massives, couvertes d'une toison noire. Dans son cou large, épais, j'enfoncerais mes ongles.

Mais l'armée lui a donné un sommeil inquiet. Quelque chose dans mon pas a alerté ses sens. Il se dresse, les paupières encore gluantes, m'aperçoit :

« Petite fille, petite fille... »

Il bondit, me presse contre lui, m'embrasse, pleure.

« Sarah, ma belle, mon enfant... »

J'ai dit avec violence :

« Non, à présent, je m'appelle Mavrika! »

IMPRIMERIE BRODARD ET TAUPIN À LA FLÈCHE
DÉPÔT LÉGAL JUIN 1988. N° 10195 (6173-5)

Collection Points

SÉRIE ROMAN

DERNIERS TITRES PARUS